Christoph Seibitz

WEIHNACHTS*ODYSSEE*

Roman

Autor:
© 2024 Christoph Seibitz

www.christoph-seibitz.at

Umschlaggestaltung: Philip Mohila, Karlsruhe

Bildnachweis: Shutterstock

Lektorat: Jasmin Batler

ISBN: 9798335006941

Jeder Stern, den du siehst, bringt dir Glück. Und wenn du großes Glück hast, geschieht ein Wunder.

Freitag
14. Dezember 2012

Korbinian saß auf dem Bett. Im Schneidersitz. Er lamentierte. Seine Augen waren geschlossen, und so entging ihm, wie die Asche des Räucherstäbchens in die Kerbe des hölzernen Halters fiel. Seine Nase hingegen war aktiv; sie witterte die harzig-holzige Duftwolke, die sich nach oben schlängelte. Auch den Hauch von Zitrone erschnüffelte sie. Eindeutig Weihrauch. Korbinians Lieblingsgeruch, normalerweise. Doch jetzt ekelte ihn dieser Mief an, weil er ihn nicht beruhigte. Im Gegenteil. Er war noch immer aufgewühlt und probierte es daher mit einer Atemtechnik (länger ausatmen als einatmen), doch auch dieser Versuch brachte nicht die ersehnte Entspannung. In seinem Kopf tobten

Szenen, die er sich unter keinen Umständen vorstellen wollte, aber sich wie seine lästige Schwiegermutter aufdrängten. Korbinian wollte schreien und gleichzeitig weinen, doch etwas blockierte den freien Fluss seiner Gefühle. Von außen betrachtet wirkte er robust: Einsfünfundneunzig groß, neunzig Kilo schwer, und der Kurzhaarschnitt ließ ihn härter erscheinen, als er tatsächlich war. Doch innerlich fühlte er sich in diesem Moment hilflos wie ein kleines Kind.

Nach zwei Minuten, just in dem Moment, als weitere Asche in die Kerbe fiel, öffnete Korbinian die Augen und senkte seinen Kopf. Er fixierte den Räucherstäbchenhalter. Links und rechts neben der Einkerbung waren jeweils vier Sterne eingebrannt.

Jeder Stern, den du siehst, bringt dir Glück. Und wenn du großes Glück hast, geschieht ein Wunder.

Diesen Satz hatte ihm seine Mutter in der Kindheit eingebläut. Acht Sterne – achtmal Glück. Humbug, würde Ebenezer Scrooge maulen. Achtmal Humbug, dachte Korbinian, denn nie war ein Wunder geschehen, wenn er die Sterne am Himmelszelt mit seinen Kindesaugen angestrahlt hatte. Auch andere Sternformen hatten sein Leben nicht verzaubert: weder der Keksausstecher noch der Weihnachtsstern, den Tante Grete seiner Mutter jedes Jahr pünktlich zum ersten Advent geschenkt hatte. Die goldenen Stern-Ohrringe im Schmuckgeschäft seiner Eltern hatten ebenfalls keine Wirkung gezeigt. Selbst die vielen Sterne im Bilderbuch *Sterntaler* hatten keine Wunder bewirkt – weder ein Christkind noch Engel existierten; auch eine Schwester hatte er nicht

bekommen, obwohl er sich so sehr eine gewünscht hatte. Stattdessen hatte ihn sein älterer Bruder Dorian mit Kriegsspielen malträtiert. Und sein Traum, fliegen zu können, war selbstverständlich eine Illusion geblieben; knallhart war er bei jedem Versuch vom Kirschbaum gefallen. Vielleicht war das ein Wunder gewesen, ein unerkanntes, ohne grobe Verletzungen davongekommen zu sein.
Verkrampft hielt Korbinian das Handy in der linken Hand. Es war nicht seines, sondern das von Janis. Hätte er das verdammte Ding mit dieser niederschmetternden Nachricht nicht angerührt, doch jetzt war es zu spät. Er legte es auf den Nachttisch, neben den Räucherstäbchenhalter mit den acht eingebrannten Sternen. Das Häkeldeckchen, welches das dunkelbraune Möbelstück schmückte, hatte sicher lange keine Waschmaschine mehr von innen gesehen. Zum Glück litt Korbinian unter keiner Stauballergie, denn schon beim Anblick dieses schmuddeligen Teils begann seine Nase zu kitzeln. Es war kreisförmig. Waren nicht neunzig Prozent der Häkeldeckchen sternförmig?

Ohne Stern kein Glück, hörte er seine Mutter in seinen Gedanken sagen.

Mit Stern auch keines, antwortete Korbinian still, obwohl er tief im Inneren manchmal hoffte, dass der Humbug seiner Mutter doch kein Humbug war.

»Schatz, ich bin gleich bei dir!«, rief Janis von unten und begann ein Lied zu singen. Vom Eurovision Song Contest. Aber es war nicht *Euphoria* von Loreen. Statt der schwedischen Siegermelodie des heurigen Jahres sang Janis ständig

La la lalalalala Love. War das der Beitrag von Kroatien gewesen? Oder doch von Malta? Als Mitläufer der Show tippte Korbinian meistens falsch, wie auch dieses Mal, denn die Sängerin Ivi Adamou war Zypriotin. Janis schien mit seinem Abendritual fertig zu sein, mit der Pflege seines Gesichtes. Bestimmt war es nicht einfach gewesen, denn die Berghütte gab kein 5-Sterne-Hotel-Badezimmer mit sämtlichem Pipapo her. Nur ein Waschbecken mit kaltem Wasser. Muss das sein? Lass uns doch wo anständig übernachten, hatte Janis versucht, Korbinian wochenlang zu überreden, diesen Urlaub abzublasen. Eine Hütte in den Bergen schmückte sich eben nicht mit Sternen, schon gar nicht mit fünf. Und Janis liebte Sterne. Je mehr, desto besser. Besonders diese fünf leuchtenden Dinger des *Wallet Hotels* in Berlin hatten es ihm angetan, wie Janis' Handy soeben enthüllt hatte. Mehrere Male hatte er sich dort im Bett herumgewälzt mit –

»I feel the energy between you and me.« Janis riss Korbinian erneut aus seinen Gedanken. Das rauschende Wasser aus dem Spülkasten der Toilette mischte sich dazwischen. Dann setzte Janis fort: »Jetzt komme ich endlich hinauf! La la lalalalala Love.«

Vor ein paar Minuten hatte Korbinian es kaum erwarten können, dass sein Schatz sich endlich zu ihm kuscheln würde. Jetzt wusste er nicht, wie er reagieren sollte, da er herausgefunden hatte, dass Janis ihn mehrmals betrogen hatte. Mit Milosz. In diesem 5-Sterne-Etablissement in Berlin. Sterne brachten anscheinend doch Glück. Für Janis.

Eine halbe Stunde später...

Das Räucherstäbchen war mittlerweile abgebrannt. Die Schwaden des Weihrauchs zogen sich durch den Schlafraum. Draußen tobte ein Schneesturm. Korbinian war Janis, der nach einem Streit davongelaufen war, hinterhergerannt. »JAAANIIIS!«, schrie er, nun mitten im Nirgendwo auf der Straße stehend. Keine Antwort, wie schon bei seinen vorherigen Rufen. Konzentriert schaute er in die Richtung, in die das Schneegestöber Janis verschluckt hatte. Vielleicht antwortete er absichtlich nicht und wollte Korbinian einen Schrecken einjagen, ein Racheakt, weil er in seinen SMS herumgeschnüffelt hatte. »Janis, hör auf mit dem Spiel! Ich finde das nicht mehr lustig!« Es war eisig kalt. Die Böen erzeugten ein Schneeflocken-Chaos, so wie es die Windmaschine mit den Geldscheinen bei der Fernsehshow *Money Maker* tat. Ohne Jacke, nur mit einem selbstgestrickten Wollpullover von Uschi, stand Korbinian da. Normalerweise hielt ihn der Pulli in den Farben Grün, Blau und Pink auch warm, für einen Schneesturm hatte Uschi ihn allerdings nicht gestrickt. Uschi war eine zuverlässige Komponente in Korbinians Leben. Eigentlich hieß sie Annika, aber aufgrund ihrer Ähnlichkeit mit Uschi Glas (als diese noch in ihren Dreißigern gewesen war) hielt sich keiner an ihren Geburtsnamen. Uschi war die verlässlichste Mitarbeiterin in Korbinians Friseurladen. Sie war auch die Einzige, abgesehen von dem 15-jährigen Lehrlingsjungen Oli, der aber nur die Haare wusch – bei Männern zu sanft, bei Frauen zu grob –, die Kunden anschließend zu ihren Stühlen brachte und sie dann in schwarze Frisierumhänge reinzwängte. Mehr war im ersten Lehrjahr nicht drin. Doch: den mit Haaren übersäten Boden zusammenkehren und das Mittagessen besorgen. Manchmal musste Oli auch für Uschi ein Money-Maker-Rubbellos in einer Trafik kaufen. Sie war sich sicher, irgendwann Glück zu haben und in der Fernsehshow nach den herumwirbelnden Geldscheinen zu greifen. Bisher waren allerdings alle Rubbellose Nieten gewesen, die sie jedes Mal murrend in den Mülleimer warf.

Wie aus dem Nichts bog ein Auto um die Kurve. Die Scheinwerfer strahlten Korbinian von hinten an. Reflexartig drehte er sich um, doch statt an den Rand der Straße zu hüpfen, erstarrte er. Die ungünstigste Stressreaktion in dieser Situation. Zum Glück bremste der Autofahrer, der damit einen Unfall verhinderte. Ein weiteres Wunder, ein unerkanntes, denn Korbinian bedankte sich weder bei Gott, seinem Schutzengel noch beim Universum. Nicht der Wind, der laut um seine Ohren pfiff, war für seine Unachtsamkeit verantwortlich, sondern seine polternden Gedanken.

Die Sorge um Janis.

Milosz.

Sein Ärger über Janis.

Milosz und Janis.

Die beiden im *Wallet Hotel*.

Ein schneller Schnapper nach Luft löste die Schockstarre. Korbinian kniff die Augen zusammen und hielt seine Hände mit Abstand vor das Gesicht, damit ihn das Scheinwerferlicht nicht so blendete. Die Personen im Auto konnte er trotzdem nicht erkennen. Doch dann öffnete sich die Beifahrertür des roten Wagens. »Hallo?«, rief ein Mann, der sich zaghaft näherte. Korbinian nahm einen blonden Wuschelkopf und einen weinroten Wollkragenpullover, der luftig und nach einem Massenprodukt aussah, wahr. Offensichtlich hatte der Träger des Pullis keine strickende Uschi als Freundin.

»Grüß dich«, erwiderte Korbinian, der nach wie vor wie angewurzelt stehen blieb.

Aus dem Auto krochen zwei weitere Personen heraus. Eine Frau, die Fahrerin, hatte einen knallgelben Schal um ihren Hals geschlungen, an dem sie herumnestelte. Trotz des dichten Schneefalls konnte Korbinian ihren angewiderten Blick erkennen. Die andere Person, ein Mann, knabberte an seinen Fingernägeln. Alle drei, so schätzte Korbinian, waren ungefähr in seinem Alter um die Mitte zwanzig.

»Geht's dir gut?«, fragte der Typ mit dem weinroten Wollkragenpullover. Er stand nun direkt vor ihm.

»Ihr habt mich ganz schön erschreckt«, stellte Korbinian fest.

»Wir dich? Eher umgekehrt! Spinnst du, dass du mitten auf der Straße stehst? Beinahe hätte ich dich überfahren«, konterte die Frau mit dem knallgelben Schal, den sie nun über Mund und Nase schob, um sich vor der Kälte zu schützen. Sie bewegte sich nicht vom Auto weg.

»Sarah!«, ermahnte der Blondschopf sie und warf ihr einen scharfen Blick zu, ehe er sich wieder Korbinian zuwandte. »Was machst du wirklich bei diesem Schneesturm hier draußen?«

»Das ist eine längere Geschichte. Die Kurzversion: Ich suche meinen Freund«, antwortete Korbinian, noch immer die Hände vors Gesicht haltend, da das grelle Scheinwerferlicht ihn weiterhin blendete.

»Was? Warum?« Der Blondschopf schüttelte den Kopf und fuhr fort, ohne Korbinian antworten zu lassen: »Erzähl uns mehr im Auto! Bei dieser Kälte holen wir uns sonst noch den Tod. Ich heiße übrigens Armin.«

Der Typ war sympathisch. Definitiv. Und er strahlte etwas Vertrauenswürdiges aus. »Gerne! Ich bin Korbinian.«

Sarah schnaufte so laut, dass es nicht zu überhören war. Sie betonte, dass der rote Opel Corsa C ihr Auto war, vermutlich weil Armin sie nicht in die Entscheidung miteinbezogen hatte. Trotzdem setzte sich Korbinian ins Auto, hinter die maulende Fahrerin.

»Wir sind auf dem Weg zum Wochenendhaus eines Freundes, um dort Weihnachten zu feiern«, informierte Armin ihn.

»Jetzt schon? Zehn Tage vor dem Heiligen Abend?«, hakte Korbinian nach. Er bekam keine Antwort, stattdessen eine Frage von Armin: »Warum warst du mit deinem Freund bei diesem Schneesturm draußen?« Er schwenkte seinen Kopf nach hinten.

»Wir haben gestritten, da er mich betrogen hat.« Den Teil, dass er in Janis' SMS gestöbert hatte, ließ er aus. »Er ist dann fuchsteufelswild aus der Hütte gestürmt. Ich bin ihm nachgerannt, bis ich ihn aus den Augen verloren habe. Ich mach' mir Sorgen, da ich keine Ahnung habe, wo er jetzt ist.« Korbinian fasste sich an sein rechtes Ohrläppchen, wo ein silberner Ohrstecker befestigt war.

»Uns ist auch niemand untergekommen«, äußerte sich Sarah, nun mit sanfterer Stimme. »Fahren wir doch zur Hütte und schauen nach, ob dein Freund mittlerweile zurückgekehrt ist«, schlug sie vor, und hoffte, dass niemand, speziell Armin nicht, auf die Idee kam, diesen Typen – wie hieß er noch? Korbi-irgendwas – zum Haus mitzunehmen. Sie traute ihm nicht.

»Ich habe leider die Orientierung verloren. Keine Ahnung, wo die Hütte ist.« Korbinian musterte den Mann neben ihm, der anscheinend stumm war. Mittlerweile hatte dieser mit dem Fingernägelkauen aufgehört, saß mit verschränkten Armen da und lächelte verlegen.

»Wie wär's, wenn wir zuerst zum Haus von Luis fahren, dort eine Tasse Tee trinken, um etwas runterzukommen«, schlug Armin vor. »Danach suchen wir Janis und eure Hütte.«

»Mit meinem Auto?«, fragte Sarah und verengte ihre Augen zu Schlitzen.

Mein Gott, was hatte diese Frau für ein Problem?, dachte Korbinian. Zum Glück hatte Uschi, seine Beste, ein angenehmeres Gemüt als diese Kratzbürste. »Klingt vernünftig, obwohl ich keine Zeit mit Tee vergeuden will«, erwiderte Korbinian. »Aber jetzt bringt es auch nicht viel, da ich sowieso durch den Wind bin.«

»Also zuerst Tee, dann starten wir die Suche«, bestätigte Armin selbst seinen Vorschlag.

»Und wenn wir die Polizei rufen?«

Er war doch nicht stumm. Sein Sitznachbar. Korbinian ahnte,

dass er auch schwul war. Vielleicht war er sogar mit dem Blondschopf zusammen, obwohl der wiederum nicht homosexuell auf ihn wirkte.

»Süßer, wir haben hier keinen Handyempfang«, antwortete Armin, der sein Handy in der Luft hin und her schwenkte.

Also doch. Sie waren zusammen. Die Liebessterne meinten es zumindest mit diesen beiden Geschöpfen gut. »Und wie ist dein Name, *Süßer*?«, fragte Korbinian.

»Liem.« Mehr sagte er nicht.

»Wenn wir noch länger warten, werden wir eingeschneit und dann sitzen wir hier fest. Da helfen uns die besten Schneeketten nicht weiter«, sagte Sarah mit gereiztem Ton.

»Wer ist Luis?«, fragte Korbinian.

»Ein Freund von uns«, erwiderte Armin. Dann sah er Sarah an und bat sie loszufahren.

Daraufhin löste sie die Bremse und stieg aufs Gas. Diese Situation schmeckte ihr ganz und gar nicht. Den ersten Abend in den Bergen hatte sie sich anders vorgestellt.

»Ich bin schuld, wenn Janis etwas zustößt«, murmelte Korbinian und fingerte weiterhin an seinem Ohrstecker herum.

»Vielleicht ist er schon in der Hütte und es geht ihm gut«, versuchte Armin Korbinian mit seinem Optimismus anzustecken. »Und wenn nicht, werden wir ihn bestimmt finden.«

»Man kann Notrufe auch ohne Empfang tätigen. Ich versuche mal, die 112 anzurufen«, informierte Liem. Kurz darauf sprach er mit jemandem und gab die notwendigen Daten und Informationen weiter. Wenn er keine Antworten parat hatte, fragte er bei Korbinian nach.

»Und?«, fragte Armin hastig, als Liem das Telefonat beendet hatte.

»Sie werden prüfen, ob bei diesem Sturm ein Helikopter-Einsatz möglich ist.«

»Hoffentlich!«, erwiderte Korbinian und bedankte sich bei Liem. Dann durchzuckte ihn ein zwiegespaltener Gedanke: Sollte Janis sich als Strafe den Hintern abfrieren? Einerseits war Korbinian enttäuscht von seinem vielleicht bald Ex-Partner und verfluchte ihn dafür, dass er ihn mit Milosz betrogen hatte. Andrerseits wünschte er seinem langjährigen Geliebten, der ihn beim Aufbau seines Friseurladens unterstützt hatte, natürlich keine Erfrierungen – geschweige denn den Tod. Während Korbinian grübelte, herrschte Stille unter den anderen.

Nach zweiunddreißig Sekunden – Liem hatte mitgezählt – konnte sich Sarah nicht mehr zurückhalten. »Wo wohnst du? Was machst du beruflich? Und wie alt bist du?« Obwohl der Temperaturregler auf vierundzwanzig Grad eingestellt war, umschlang der knallgelbe Schal weiterhin ihren Hals.

»Ist das jetzt ein Verhör?«, fragte Korbinian schmunzelnd, was nur Liem sah, da er zu ihm linste.

»Ich höre!«, sagte Sarah mit schnippischer Stimme. Sie wollte so viel wie möglich von ihm wissen, bevor dieser Korbi-irgendwas einen Fuß ins Haus setzen würde.

»Sarah, ich bin sicher, bei einer Tasse Tee wird er uns mehr über sich erzählen wollen,« äußerte sich Armin, der sich für Sarahs Verhalten fremdschämte.

»Wann sind wir denn da?«, fragte Liem, der stoisch auf seinem Platz saß.

»Jetzt!«, antwortete Sarah. Sie bog links ab und war erleichtert, endlich das Ziel erreicht zu haben. Die Autofahrt hatte ihre Nerven strapaziert, vor allem die letzten vierzig Minuten, in denen der Schneesturm von Minute zu Minute heftiger geworden war.

»Hat Luis nicht gesagt, dass die Lichter automatisch angehen, sobald wir in die Einfahrt abbiegen?«, fragte Liem in die Runde.

»Bei dem Wetter würde es mich nicht wundern, wenn der Strom ausgefallen ist«, erwiderte Armin.

»Mal' nicht den Teufel an die Wand!« Sarah parkte ein. »Aber schaut mal, da drüben steht ein Auto.« Sie deutete mit dem Kopf Richtung Haus.

Es ist nicht unseres, stellte Korbinian enttäuscht fest.

»Und ein zweiter Parkplatz ist vom Schnee freigeschaufelt, wahrscheinlich für uns. Wer kann das gewesen sein?«, fragte Sarah, ohne eine Antwort zu bekommen. Als sie den Motor abgestellt hatte, machte sie keine Anstalten aus dem Auto auszusteigen. Liem auch nicht, er nagte an seinem Daumennagel.

Korbinian war der Erste, der ins Freie trat. Die Schneeflocken peitschten ihm ins Gesicht. Armin folgte ihm, schließlich auch Liem und Sarah. Nachdem sie ihre Reisetaschen aus dem Kofferraum herausgenommen hatten, eilten alle vier zum Haus – mit hochgezogenen Schultern und gesenktem Kopf, um sich vor dem eisigen Wind zu schützen. Beim Vorbeigehen musterte Korbinian das fremde Auto. Niemand war drinnen. »Es ist zugeschneit, das heißt, die Karre steht noch nicht lange hier, sonst wäre es eingeschneit.«

So ein Schlaumeier, dachte Sarah und verdrehte ihre Augen.

Armin fingerte im Postkasten herum, denn dort sollte sich der Hausschlüssel befinden, so hatte Luis es ihnen gesagt. Doch er griff ins Leere.

»Und wie sollen wir jetzt reinkommen?«, fragte Liem, so als ob Armin das wissen könnte.

»Es ist offen«, antwortete Korbinian, der bereits ins Innere verschwand.

»Habt ihr schon mal daran gedacht, dass der uns vielleicht von vorn bis hinten belogen hat? Was ist, wenn er ein Verbrecher ist und das fremde Auto diesem Janis gehört? Vielleicht wollen sie uns ausrauben oder sonst was antun«, flüsterte Sarah zu Armin und Liem.

»Wer malt da jetzt den Teufel an die Wand?«, konterte Armin mit einem Augenzwinkern und betrat ebenfalls das Haus.

»Liem, die ganze Sache stinkt! Lass uns abhauen, bevor es zu spät ist«, warnte Sarah ihren besten Freund.

»Bei diesen Bedingungen weiterzufahren, ist mir zu gefährlich. Und Korbinian sieht nett aus«, antwortete Liem. Dann ging auch er hinein.

Nett! Potenzielle Mörder sind auch oft nett, dachte Sarah. Widerwillig folgte sie Liem und schloss die Tür.

»Das Licht funktioniert nicht«, sagte Armin, der bereits die Taschenlampenfunktion seines Handys eingeschaltet hatte und damit herumleuchtete.

»Du hattest mit dem Stromausfall recht«, äußerte sich Korbinian, der dem Lichtschein des Handys folgte.

»Wunderbar!«, ätzte Sarah und verschränkte ihre Hände.

»Ahm … hier muss es bestimmt Kerzen und Zündhölzer

geben.« Liem, der ebenfalls mit seinem Handy den Raum ausleuchtete, steuerte den Küchenblock des Hauses an, als es plötzlich im Keller krachte. Alle schreckten hoch. Dann war es einen Moment lang mucksmäuschenstill.

»Und? Denkt ihr immer noch, dass ich übertreibe?«, unterbrach Sarah flüsternd die Stille und sah abwechselnd Liem und Armin an, während sie sich rückwärts zum Eingang hinbewegte, jederzeit bereit zu flüchten.

»Wahrscheinlich treibt dort ein Marder sein Unwesen. Ich schau mal nach«, sagte Korbinian, der zur Tür vor ihm deutete. »Die führt bestimmt in den Keller hinunter.«

Ein abgekartetes Spiel, dachte Sarah. Da unten lauert Janis. »Ein Marder! Dass ich nicht lache! Die halten doch Winterschlaf«, behauptete Sarah überzeugt.

»Nein, tun sie nicht«, antwortete Armin, zeitgleich mit Korbinian, der seine rechte Hand zum Türgriff hinsteuerte.

»Weder Kerzen noch Zünder.« Liem schloss die Schublade, während Korbinian die Kellertür öffnete. Ein Mann stand vor ihm. Mit einer Taschenlampe. Beide schrien auf. »Daaarling, wer bist du denn?«

»ALFRED?«, rief Liem, der ihn mit seinem Handy anstrahlte.

»Ja, und wer ist der heiße Mann mit dem schönen Pulli hier?«, fragte Alfred, der großgewachsen und rothaarig war und auf Korbinian zeigte. Am liebsten wollte er sich an das selbstgestrickte Teil schmiegen, denn nicht nur die Farben grün, blau und pink zogen ihn an, doch er hielt sich zurück, was ungewöhnlich für ihn war.

»Aber Alfred, was machst du hier?« Sarah trat zu den

beiden nach vorne. Sie war sichtlich erleichtert, da ihr ihre Hirngespinste nur etwas vorgegaukelt hatten.

Mit diesem schrulligen Typen, der wie ein Wikinger aussieht, sind sie also befreundet, dachte Korbinian und musterte ihn gründlich.

»Ich war im Keller, habe Kerzen und ein Feuerzeug gesucht, da der Strom vor ein paar Minuten ausgefallen ist.« Er hielt seinen Fund in die Höhe. Eine weiße Kerze und eine Zündholzschachtel.

»Aber warum bist du hier … im Haus?«, hakte Liem nach, der sich zum Esstisch setzte. Das letzte Mal hatten sie sich bei Liems erster Vernissage im Sommer gesehen – die Erinnerung daran riefen keine guten Gefühle in ihm hervor.

Sarah gesellte sich zu Liem, endlich konnte sie sich entspannen.

»Darling, lass mich zuerst mal Licht ins Dunkel bringen.« Alfred stellte die Kerze auf den runden Tisch und strich mit dem Streichholz über die raue Anzündfläche der Schachtel, erst beim dritten Versuch entflammte es. Als der Docht der Kerze brannte, fuhr er fort: »Luis hat mir von eurem Ausflug erzählt. Und da ich mich momentan … naja, ihr wisst schon …« Er verdrehte seine Augen. »Da habe ich mir gedacht, ich überrasche euch. Ich habe sogar einen Weihnachtsbaum mitgebracht. Er ist schon aufgeputzt.« Alfred deutete nach oben in den ersten Stock.

Auch wenn es recht dunkel war, konnte Korbinian erkennen, dass Alfreds Präsenz auf wenig Gegenliebe stieß.

»Und wer bist du?«, lenkte Alfred schnell von sich ab und sah den Fremden an.

»Korbinian.« Er weigerte sich, zu erklären, warum er hier war, denn Alfred war dieser Frage genauso ausgewichen.

»Es muss doch mehr Kerzen geben«, meinte Armin und begann, wie Liem vorhin, die Laden im Küchenblock zu durchsuchen. Unerwartet fand er zwei Stück, die sowohl Liem als auch Alfred vorher übersehen hatten. Kurz darauf brannten eine rote Kerze auf dem Couchtisch und eine zitronengelbe auf einer Fensterbank neben dem Eingang. »Langsam wird es heimelig«, sagte Sarah, die aus ihren Schuhen schlüpfte.

»Wir können auch den Kachelofen einheizen«, schlug Alfred vor. »Es müsste nur das Holz von draußen geholt werden, was ich wegen dem Stromausfall noch nicht gemacht habe. Aber ihr wollt bestimmt vorher den Weihnachtsbaum ansehen. Er ist so beautiful und beim Preis habe ich mich nicht lumpen lassen. Kommt mit!«

»Es heißt wegen des Stromausfalls«, korrigierte Sarah ihn. Als Lehrerin achtete sie auf sprachliche Details und besserte täglich mindestens ein solches Missgeschick aus – meist bei ihren Schülern, aber auch bei Erwachsenen.

Alfred zuckte mit den Schultern und lief die Treppe nach oben. Alle folgten ihm, bis auf Korbinian.

»Ich stelle noch Wasser für Tee auf«, rief er ihnen hinterher, doch das hörte niemand, denn sie standen bereits vor dem Baum und belichteten ihn mit ihren Handys. Er strotzte vor Kitsch. Pinke und goldene Christbaumkugeln. Die Lamettagirlanden in Silber schlängelten sich von oben nach unten. Rot-weiße Zuckerstangen auf jedem Zweig. Blau-glitzernde Sterne. Vom Grün der Tannennadeln war kaum etwas zu erkennen. Die Krönung war allerdings die Baumspitze. Ein blauer Plüschengel mit gelben Federn als Flügel lächelte ihnen entgegen.

»Du lieber Schwan«, meinte Sarah, als sie das blaue Kunstwerk entdeckte.

»Kein Schwan, ein Engel«, korrigierte Alfred sie voller Stolz. »Hübsch, oder?«

Alles, nur das nicht, dachten Sarah und Liem, die brummten.

»So beauti…«, sagte Armin und zog seinen linken Mundwinkel nach oben, »…ful.«

»Ich wusste, dass er euch gefällt.« Alfred beklatschte sich selbst.

»Da hängen sogar schwarze Kugeln auf dem Baum«, stellte Liem fest. Wie geschmacklos!

»Ja, der letzte Schrei.« Alfred kicherte.

Ein Türknallen. Von unten. »Wo ist Korbinian?«, fragte Sarah, der erst jetzt auffiel, dass der Fremde nicht nach oben mitgekommen war. Sie war sich sicher, dass er mit ihrem Auto abhauen wollte und sauste nach unten, Armin und Liem eilten hinterher. Warum sollte er sich bei diesem Wetter davonschleichen?, fragte sich Alfred und bildete einen Schmollmund. Er hatte sich deutlich mehr Dankbarkeit erhofft, schließlich hatte er sich mit dem Weihnachtsbaum große Mühe gemacht. Bevor er nach unten zottelte, schnappte er nach einer Zuckerstange und knabberte lustlos daran.

»Los Alfred, wir müssen den Gauner erwischen!« Sarah steckte bereits in ihren Schuhen. Als sie die Eingangstür aufriss, blies der Wind Schneeflocken ins Innere. Korbinian stand vor ihr, mit einem Korb voller Holzscheite. »Darf ich?«, fragte er. Sarahs Blick fror ein, sie trat zur Seite, damit Korbinian an ihr vorbeikam. Mit einem Fuß schubste er die Tür zu. »Draußen bei der Hütte liegt ein verletztes Reh«, informierte er die Runde.

Ohne ein Wort zu verlieren, schlüpfte Armin in seine Schuhe und Jacke und flitzte hinaus.

»Warte auf mich!«, rief Liem und lief ihm hinterher.

So viel Tamtam wegen diesem Reh, dachte sich Alfred, und biss ein weiteres Stück von der Zuckerstange ab. Hätte er seine Gedanken laut ausgesprochen, würde Sarah ihn bestimmt auf die korrekte Grammatik hinweisen – wegen dieses Rehs. Aber so fragte sie nur: »Und was machen wir?«

»Magst du dich um den Tee kümmern? Ich heize ein«, schlug Korbinian vor und lächelte sie an. Dabei erkannte Sarah eine Zahnlücke zwischen den beiden mittleren Schneidezähnen.

»Und ich wärme das Gulasch auf«, sagte Alfred und tapste zum Herd hin.

»Gulasch?«, fragte Sarah, als sie neugierig in den Topf hineinschaute. Ein paar Lorbeerblätter schwammen an der Oberfläche.

Zur gleichen Zeit entzündete Korbinian mit Papier und Anzündholz ein Feuer. Es knisterte. Ein Geräusch, das er mochte. Er hielt die Hände übers Feuer und wärmte sie kurz auf. Dann legte er zwei Holzscheite nach und gesellte sich zu den beiden. »Alfred, mein Freund ist irgendwo da draußen. Und nachdem Armin nun mit dem Reh beschäftigt ist … kannst du mir bitte helfen, Janis zu suchen?«

»Bist du verrückt? Ich trinke doch keinen Tee«, sagte

Alfred zu Sarah, die drei Tassen davon auf den Tisch stellte. Er öffnete den Kühlschrank und griff nach einem Bier. »Na klar, helfe ich dir! Aber vorher stärken wir uns.«

»Fahren wir mit deiner Karre?«, fragte Korbinian mit lächelnder Miene.

Diese Zahnlücke … zum Schwachwerden, dachte sich Alfred, der mit dem Kochlöffel das Gulasch kostete, um zu überprüfen, ob es heiß genug war. Er schlürfte. »Nur, wenn ich mich an deinen Pulli schmiegen darf.«

Nachdem sie fertig gegessen hatten, legte Korbinian zwei weitere Holzscheite ins Feuer, dann drängte er darauf, endlich loszufahren. Alfred nahm den letzten Schluck vom Bier und sprang auf. »Dein Beifahrer ist bereit!«

»Ich werde die zwei draußen mit Essen versorgen«, sagte Sarah, die eine große Schüssel aus der Kredenz herausnahm, um sie mit Gulasch anzufüllen.

Als sie von Kopf bis Fuß vermummt waren, gingen sie zur Holzhütte hinters Haus. Nach wie vor stürmte und schneite es. Liem und Armin saßen im Inneren zwischen gespaltenen Holzscheiten auf Stroh und waren in Decken eingehüllt. Sie sprachen über ihre bevorstehende Fernbeziehung, was vor allem Liem zu schaffen machte. Er wirkte nicht glücklich. Das Reh lag vor ihren Füßen. Es schlief. Sarah hielt den beiden das Gulasch hin; mit großen Augen nahm Armin es entgegen und roch daran.

»Von mir! Vegetarisches Gulasch mit viel Liebe«, äußerte sich Alfred.

»Und leckeren Lorbeerblättern«, ergänzte Sarah und zwinkerte dem Wikinger zu. »Wie geht's dem Reh?«

»Es hat eine Wunde an einem Bein. Sollte aber überleben«, antwortete Armin und löffelte bereits am Gulasch.

Sarah hockte sich vor das Reh hin und streichelte den Kopf.

Das ganze Tamtam um dieses Tier nervte Alfred und er war froh, sich mit Korbinian davonstehlen zu können. »Komm, Darling!«

Korbinian verabschiedete sich von den anderen und steuerte mit Alfred den Parkplatz an. Trotz seinen Versuchen, Alfred zum Eisschaben zu motivieren, blieb dieser unbeeindruckt und setzte sich ins Auto. Also nahm Korbinian die Sache selbst in die Hand, fegte mit einem Handbesen den Schnee von den Fenstern und kämpfte anschließend alleine mit dem hartnäckigen Eis, das sich nur mühsam entfernen ließ. Im Auto rieb er sich die Hände, hauchte mehrmals hinein und fuhr dann los, während Alfred an seinem Bart zwirbelte und fragte: »Wo fahren wir genau hin?«

Korbinian zuckte mit den Schultern.

»Ähm, du weißt nicht, wo sich die Hütte befindet?«

Korbinian schüttelte seinen Kopf, sein Gefühl sagte ihm, dass er bergaufwärts fahren sollte.

»Solche Abenteuer mag ich.« In Details malte sich Alfred bereits aus, dass er Janis finden und vor Kameras stehen würde, um ausführlich über seine Rettungsaktion zu berichten. Er, als Held gefeiert. »Ist dein Freund lebensmüde oder warum geistert er alleine da draußen herum?«

Korbinian erzählte die ganze Geschichte. Alfred lauschte.

Überraschenderweise kamen sie trotz der Wetterverhältnisse gut voran, doch die Hütte fanden sie nicht. Zwei Hotels zogen an ihnen vorbei, beide waren geschlossen.

»Und wirst du ihm vergeben?«, fragte Alfred, der erneut an seinem Bart zwirbelte.

»Keine Ahnung«, erwiderte Korbinian.

Danach schwiegen beide eine Weile, bis Korbinian die Stille durchbrach. »Was haben die beiden Verliebten vorhin über Fernbeziehung gesprochen?«

»Ach, Armin muss beruflich für ein halbes Jahr nach Schottland und da haben sie keine andere Wahl. Vor allem Liem hat daran zu knabbern, sein Selbstwert ist nicht sonderlich ausgeprägt«, plauderte Alfred aus dem Nähkästchen. »Auch wenn's nur sechs Monate sind, wäre das für mich auch nichts«, erwiderte Korbinian.

»Besser als keine Beziehung.« Alfred kratzte sich am linken Ohr.

»Womit wir bei dir angelangt sind. Du bist also Single?«

Alfred nickte.

»Warum hast du deine Freunde im Haus überrascht? Und warum hast du so ein Geheimnis über die wahren Gründe gemacht?«

»Ach, Darling!« Alfred holte tief Luft, ehe er mit der Wahrheit herausrückte. »Ich will meine Einsamkeit nicht an die große Glocke hängen.«

»Hast du aber. Trauerst du jemandem nach?«

»Nein, ich bin kein Kind von Traurigkeit.«

»Aber ein Kind, das zu viel Stolz mit sich herumträgt?«

»Bist du Psychologe, oder was?«

»Fast! Mich müllen zwar Menschen mit ihren Problemen zu, bin aber Friseur.«

»Ah, dann lass ich mich in Zukunft von dir stylen.«

»Um mir von deiner Einsamkeit zu berichten?«

»Du bist fies!«

Korbinian bremste. »Da drüben leuchtet es.«

»Wo?«, fragte Alfred, der nichts sah, nur das Licht der Autoscheinwerfer.

»Das muss Janis sein«, sagte Korbinian und stellte den Motor ab. Er wollte schon die Autotür öffnen, um auszusteigen, als Alfred ihn mit seinen Worten zurückhielt. »Ich sehe nichts.«

»Doch, da drüben!« Korbinian zeigte nach vorne rechts, konnte aber das Leuchten nicht mehr sehen.

»Bestimmt hat sich etwas durch die Autoscheinwerfer gespiegelt«, meinte Alfred selbstsicher.

»Ich hätte schwören können ...« Um sich zu vergewissern, stieg Korbinian aus, doch außer Dunkelheit und Schneeflocken sah er nichts. »Janis?«, rief er mehrmals. Keine Reaktion. Nachdem er wieder ins Auto eingestiegen war, schlug er seine Hände aufs Lenkrad und legte den Kopf darauf.

»Darling, so schnell geben wir nicht auf. Wir werden Janis sicher finden.« Alfred legte vorsichtig eine Hand auf Korbinians rechte Schulter. Uschis Pullover fühlte sich herrlich weich an.

Korbinian seufzte. Auf Alfreds Hand reagierte er nicht. Selbst wenn er sich an den Pulli schmiegen würde, wäre ihm das egal. Es war tatsächlich eine Schnapsidee gewesen, bei diesem Sauwetter nach Janis zu suchen. Und wie um alles in der Welt, konnte Janis nur so dumm gewesen sein, während des Schneesturms abzuhauen. An einem sonnigen Tag hatten sie sich kennengelernt. Im Juni. Vor mehr als drei Jahren. Janis hatte im Stadtpark alleine gepicknickt. Neben ihm stand eine mobile Lautsprecherbox, die aufwühlende Geigentöne ausspuckte. Korbinian guckte neugierig hin, als er vorbeiging. Dabei winkte Janis ihn zu sich und hielt ein zweites Sektglas in die Höhe. »Fairytaaaaaale«, sang er zusammen mit der Stimme aus der Box und bewegte seinen Kopf im Rhythmus. Irgendwie kam Korbinian die Melodie bekannt vor, konnte sie aber nicht zuordnen. Da ihn dieses extravagante Verhalten von Janis anzog, nahm er die Einladung an. Sie tranken insgesamt vier Gläser Sekt. Mit jedem Glas lernten sie einander besser kennen und sie kamen sich näher, bis sie sich schließlich küssten. Es war ein wunderbarer Tag gewesen, wie im Märchen. Fairytale. Janis war verrückt nach diesem Song und spielte ihn rauf und runter. Er klärte Korbinian auf, dass das Lied vor einem Monat den Eurovision Songcontest für Norwegen gewonnen hatte und er vor Ort gewesen war, in der Olympiahalle Olimpijski in Moskau. Janis' Augen hatten dabei wie Sirius, der hellste Stern am Himmel, gestrahlt. Und jetzt – jetzt war von diesem Glanz nichts mehr übriggeblieben.

Draußen heulte der Wind. Ein unendliches Jammern, als es plötzlich an der Fensterscheibe klopfte. Alfred schrie auf. Korbinian fuhr hoch. Ein Mann und eine Frau, dick eingemummt, schauten herein. Korbinian kurbelte die Fensterscheibe ein Stück nach unten.

»Hallo! Was macht ihr denn bei dem Wetter hier?«, fragte der Mann, der eine blaue Wollmütze trug. Er musste um die fünfzig Jahre alt sein.

»Das ist eine lange Geschichte. Und selbst?« Korbinian musterte die beiden. Ihre Augen strahlten etwas Sanftmütiges aus. Aber auf die Worte des Mannes konnte er sich nicht konzentrieren.

»… *Zusammenfinden* heißt das Seminar«, beendete der Fremde seine Erklärung, warum er mit seiner Frau trotz dieser Wetterkapriolen in den Bergen herumstreifte.

»Wie? Was?«, fragte Korbinian, der unbewusst seine Zunge zur Zahnlücke, die sich zwischen den oberen mittleren Schneidezähnen befand, bewegte. Sie fuhr daran auf und ab. »Tut mir leid, ich war in meinen Gedanken versunken.«

Alfred, der sich vom Schreck erholt hatte, räusperte sich. »Und nun habt ihr *zusammen* uns *gefunden*.«

»Wir müssen weiter. Die Zeit rennt uns davon«, sagte die Frau, die Alfreds Wortspiel ignorierte. Sie trug einen schwarzen Skianzug. Die Farbe ihrer Mütze war rosarot. Auch der Schal, mit dem sie ihr halbes Gesicht verdeckte, war rosa.

»Ihr braucht Hilfe, stimmt's?«, fragte der Mann, der sich als Arne vorstellte.

Die Frau schnaufte. Das war typisch, dass er fremden Menschen lieber helfen wollte, als die eigene Ehe zu retten. Sie drehte sich um und entfernte sich ein paar Schritte vom Auto, um ihren Mann zu drängen, doch er ließ sich nicht hetzen.

»Mein Freund ist hier irgendwo draußen im Schneesturm. Die Notrufzentrale ist informiert, aber bei dem Wetter werden sie vermutlich keinen Helikopter losschicken können. Wir müssen ihn finden, ansonsten erfriert er womöglich«, erzählte Korbinian.

Die Frau, die die Worte gehört hatte, eilte zum Auto zurück. »Wo habt ihr ihn zuletzt gesehen? Ich bin übrigens Ute.«

»Ich heiße Alfred«, stellte sich der Wikinger vor.

»Und ich bin Korbinian! Bei der Hütte, von dort ist er davongelauf–«

»Davongelaufen? Aber warum das?«, schnitt Ute ihm das Wort ab.

»Ute! Das geht uns nichts an!« Arne schaute seine Frau mit zusammengekniffenen Augen an, ehe er sich wieder Korbinian zuwandte und sagte: »Können wir irgendwie behilflich sein?«

»Ich weiß nicht.« Korbinian zuckte mit den Schultern und rieb sich die Augen.

»Wir suchen eine Hütte, sind aber lost ... vielleicht können wir Janis mit euch zusammenfinden. Also ZUSAMMEN FINDEN. Ihr versteht schon, oder?«

»Hahaha, der Bursche gefällt mir. Wir kommen gerne mit euch mit«, bot Arne an.

»Aber Arne, wir sollten doch ... du weißt schon, die Aufgaben«, erinnerte Ute ihren Mann. Die Uhr tickte, und sie hatten nicht nur eine Menge Geld, sondern auch viel Hoffnung in das Seminar gesteckt.

»Wir können die armen Kerle doch nicht alleine lassen. Und sieh es als Zeichen. Vielleicht ist das unsere Aufgabe für diese Nacht?«

Korbinian fuhr erneut mit der Zunge zur Zahnlücke und

beobachtete die beiden, die sich ein paar Meter vom Auto entfernten und diskutierten. Erst jetzt sah er, dass beide einen Trekkingrucksack um die Schultern geschnallt hatten. Ein unangenehmer Schleier legte sich über Korbinian. Warum hatte er das verdammte Handy anfassen müssen? Den ganzen Schlamassel hatte er sich selbst eingebrockt und nun zog er auch fremde Personen in diesen Strudel hinein.

»Wir helfen euch«, posaunte Arne. Beide streiften die Rucksäcke ab, stiegen ins Auto ein und nahmen auf der Rückbank Platz.

»Yes! Zusammen finden wir Janis bestimmt«, äußerte sich Alfred und lächelte zu den beiden nach hinten.

Ute war von der wiederholten Andeutung des Zusammenfindens genervt, lächelte trotzdem freundlich zurück. Arne hatte das Wortspiel dieses Mal nicht mitbekommen.

»Danke!«, sagte Korbinian, der den Motor des Autos starten wollte, doch er sprang nicht an. Nach weiteren Fehlversuchen fluchte Korbinian und stieg aus dem Auto aus. Er stampfte auf den Boden.

»Ich probier's«, sagte Alfred und setzte sich auf den Fahrersitz. »Komm, mein alter Kumpel, lass uns jetzt nicht im Stich.« Es klappte nicht.

Arne und Ute verhielten sich ruhig auf der Rückbank. Sie dachten nach, während Korbinian noch draußen stand, am Wagen angelehnt. Er schaute nach oben, schloss seine Augen und ließ die Schneeflocken auf sein Gesicht fallen, als endlich der Motor ansprang.

»Yes!«, rief Alfred und kurbelte die Fensterscheibe nach

unten. »Du kannst das Steuer wieder übernehmen, Darling!«

Nicht nur Korbinian war erleichtert, alle waren froh und bedankten sich bei Alfred, der den Schwall an Wertschätzung wie ein Schwamm aufsog. Bei der nächsten Nebenstraße drehte Korbinian um. »So weit oben lag die Hütte nicht. Ich fahre wieder hinunter.«

»Alfred, weißt du, zusammen finden hat eine andere Bedeutung in unserem Seminarkontext«, erklärte Ute, die ihren rosa Schal unters Kinn schob.

»Das habe ich schon überrissen, dass in eurer Ehe der Wurm drinsteckt.«

»Alfred!«, ermahnte Korbinian ihn.

»Ja, Darling?«

Ute und Arne begannen gleichzeitig zu lachen.

»Was gibt's da zu lachen?«, fragte Alfred schelmisch grinsend. Er war froh, dass etwas Leichtigkeit ins Auto gekommen war. Vielleicht brachte das auch Korbinian auf positivere Gedanken. »Mich interessiert halt eure Geschichte. Wo welcher Wurm steckt«, gestand Alfred. »Dich auch?« Er drehte seinen Kopf zu Korbinian.

»Das ist Privatsache. Und ich muss mich auf die Straße konzentrieren. Nehmt es mir bitte nicht übel«, entschuldigte sich Korbinian.

»Erzähl uns doch etwas von dir«, forderte Arne Alfred auf.

«Ja, von dir und deiner Einsamkeit!«

Ute kicherte. »Ihr würdet ein tolles Paar abgeben«, stellte sie fest. »Ihr neckt euch ganz schön. Das ist meist ein Zeichen, dass man sich gernhat.« Sie erinnerte sich an die Zeit, in der ihr Mann und sie sich zu jeder passenden Gelegenheit geneckt hatten. Sie sehnte sich danach zurück. Auch Arne bedauerte es, dass sich aus ihrem verspielten Necken ein verbittertes Zanken entwickelt hatte. Wann war das passiert? In der ersten Schwangerschaft? Als die Zwillinge zur Welt kamen? Oder schon früher?

Alfred schluckte. Das Gespräch ging in eine Richtung, die ihm nicht mehr gefiel. Korbinian war das egal. Er fuhr achtsam weiter und konzentrierte sich auf die Straße.

»Ein Stern!«, rief Alfred und zeigte auf eine Holztafel, die rechtzeitig am Straßenrand aufgetaucht war, damit niemand mehr in seiner Einsamkeit herumstochern konnte.

Tatsächlich! Ein Stern! »Das ist die Zufahrt zu unserer Hütte«, sagte Korbinian. Neben dem Namen *Alpenblick* waren zwei Sterne ins Holz eingebrannt, doch nur einer war sichtbar, den anderen verdeckte der Schnee.

Alfred jubelte. »Zusammen gefunden!«

Er kann es nicht lassen, dachte sich Ute und musste dieses Mal kichern. Arne ergriff die Hände seiner Frau und drückte sie.

Jeder Stern, den du siehst, bringt dir Glück. Und wenn du großes Glück hast, geschieht ein Wunder.

Korbinian fühlte sich erleichtert. Jetzt musste nur noch Janis in der Hütte sein, dann wäre das Glück perfekt, egal, ob er ihn betrogen hatte. Doch auch dieses Mal war kein Verlass auf die Sterne. Die Hütte war menschenleer. Janis war nicht zurückgekehrt. Enttäuscht setzte sich Korbinian auf die Holzbank, die vor dem Tisch stand. Alle schwiegen. Selbst Alfred fand keine Worte mehr. Er zündete den Docht der

Kerze an, die den Tisch schmückte, doch der Kerzenschein verstärkte die trübe Stimmung nur noch mehr.

Ute war die Erste, die sprach. »Wir müssen die Polizei verständigen.« Sie knackte mit den Fingern. Ihr rechter Daumen schnappte sich den linken Zeigefinger. Knack.

»Es gibt hier keinen Handyempfang«, antwortete Korbinian und fischte sein Handy aus der Hosentasche heraus. Vielleicht gab es mittlerweile doch ein … Kein Netz!

»Dann müssen wir ins Tal fahren, um die nächste Polizeistation zu informieren«, sagte Ute, deren rechter Daumen beim linken kleinen Finger angekommen war. Es knackste nur schwach.

»Der Notruf weiß schon Bescheid«, erinnerte Korbinian Ute, »und die alte Karre springt bestimmt nicht mehr an.« Korbinian seufzte.

»He, wie redest du über meinen Kumpel«, beschwerte sich Alfred, der das Kerzenlicht anstarrte, als ob es ihn hypnotisieren würde.

»Aber, wir sollten –«

»Nein!«, unterbrach Korbinian Ute. »Wir können momentan nichts tun.« Nicht nur seine Stimme klang hart, auch sein Herz fühlte sich wie ein altes Stück Brot an.

»Es gibt viele Hütten hier in der Umgebung. Wahrscheinlich hat ihn schon jemand aufgegabelt.« Mit seinen Worten wollte Alfred Korbinians Entscheidung bekräftigen, da er vom Abenteuer genug hatte und die Suche sowieso aussichtslos war.

»Na gut«, sagte Ute. »Aber einen Versuch werde ich starten.«

Sie verlangte den Autoschlüssel und ging nach draußen. Nach fünf Minuten kam sie betrübt zurück, denn der *Kumpel* war tatsächlich nicht angesprungen.

»Und was machen wir jetzt?«, fragte Alfred in die Runde.

»Arne und ich sollten unser Zelt aufbauen«, antwortete Ute.

»Ihr wollt ein Zelt aufbauen? Jetzt? Bei dem Wetter?« Alfred schüttelte den Kopf.

»Lass sie doch, wenn das auf ihrem Plan steht«, rügte Korbinian den Wikinger.

»Aber es kommt immer anders, als man plant«, sagte Ute, die mit einem Finger über die Tischkante fuhr.

Arne sah sie überrascht an. Was war in sie gefahren? Sie wollte den Plan auf den Haufen werfen? Diese Spontanität seiner Frau fand er attraktiv.

»Dann machen wir es uns auf der Couch gemütlich und ihr erzählt uns von euren Würmern in der Ehe«, forderte Alfred sie auf. Er erhob sich, um nachzusehen, welche Getränke sich im Kühlschrank befanden.

Das Ehepaar lachte und nickte sich zu.

»Oh wow! Drei Flaschen Dom Pérignon. Was hast du mit Janis vorgehabt?«, fragte Alfred.

Korbinian wischte die Frage mit einer Handbewegung weg. »Mach auf und schenk ein.« Er fuhr mit seiner Zunge über die Zahnlücke. Sie fühlte sich größer als vorhin an. Komisch.

Nachdem Alfred die Gläser gefüllt hatte, Arne mehrere Kerzen angezündet und den Ofen eingeheizt hatte, lümmelten sie auf der Couch und schlürften den Dom Pérignon.

Ute übernahm das Wort, was Arne erneut überraschte.

»Wir lieben uns. Aber –«

»Aber ich hatte ein Burnout«, unterbrach Arne sie schnell. Burnout. Daran wollte er nicht mehr denken, doch seine Frau knallte ihm täglich diese Schwachstelle erbarmungslos hin, seit Jahren.

»Arne, es fing doch schon viel früher an.«

»Was fing früher an?«, fragte Alfred, der sein Glas leerte.

Korbinian würde Alfred als Partner nicht aushalten. Sein Verhalten war zu grenzüberschreitend. Konnte er sich nicht ein einziges Mal beherrschen?

»Aha! Warum wirfst du es mir dann noch immer vor?«

Knacks. Nun waren die Finger der rechten Hand dran. »Tu ich ja nicht!«

»Doch, immer unterschwellig«, konterte Arne. Er sah Alfred an und deutete auf sein leeres Glas.

Alfred schenkte nach und hing an den Lippen des Ehepaars, das sich mehr und mehr zankte. Im Gegensatz zu Alfred stresste Korbinian die Situation. Er wälzte seinen Hintern auf der Couch hin und her, wollte am liebsten davonlaufen. Das hatten sie nun davon, dass Alfred unbedingt von Eheproblemen wissen wollte, die sie nichts angingen. Irgendwie musste er Ute und Arne besänftigen. Aber wie? Er nippte am Getränk. »Ssschh!«, entfuhr es ihm plötzlich.

Ute und Arne sahen Korbinian verdattert an.

»What?«, äußerte sich Alfred, der mit einem Kopfschütteln zum Unruhestifter hinsah.

»*Zusammenfinden* heißt doch das Seminar. Wie wollt ihr zusammenfinden, wenn ihr euch nicht zuhört, sondern ständig

Vorwürfe macht und euch rechtfertigt?«

Diese Aussage traf das Ehepaar. Sie rührten sich nicht von der Stelle, waren starr wie Eiszapfen. Auch Korbinian war über seine Worte überrascht, natürlich galten sie ihm genauso. Denn wie oft hatte er sich mit Janis Wortgefechte geliefert, Vorwürfe hin und her geschleudert und sich die besten Rechtfertigungen zurechtgelegt? Oft genug! Und es hatte nichts gebracht. Nach einer kurzen Atempause machte er einen Vorschlag. »Sagt, was ihr euch vom anderen wünscht. Nur zwei, drei Sätze, damit es klar bleibt.«

»Das hat unser Seminarleiter auch geraten«, erinnerte sich Ute.

»Du sollest Psychologe werden«, riet ihm Arne.

»Ich bin Friseur und zufrieden damit«, erwiderte Korbinian.

Alfred klopfte mit seinen Fingern auf die Tischplatte, während das Ehepaar überlegte. Es kam ihm wie eine Ewigkeit vor.

»Also gut, ich beginne«, sagte Ute schließlich, »auch wenn ich es schon oft eingefordert habe, wünsche ich mir von dir, dass du mehr Zeit mit mir verbringst und mir mehr Wertschätzung schenkst.« Kaum ausgesprochen, zweifelte sie daran, ob das tatsächlich die Lösung sein konnte, denn ihre Geschmäcker hatten sich im Laufe der Zeit in unterschiedliche Richtungen entwickelt. Ute liebte Schwarztee, Arne verzog dabei das Gesicht und trank lieber Kaffee. Sie liebte vegetarisches Essen. Arne aß gerne das fetteste Teil vom Schwein. Sie führte gerne Gespräche zu zweit. Arne war lieber allein und meditierte gerne. Sie war ein Nachtvogel. Arne, der Morgenmensch. Sie entspannte sich am besten in den Bergen. Arne am Meer. Ihr war es meistens kalt. Arne war es immer zu heiß. Ein Wunder, dass er sich den Pullover noch nicht ausgezogen hatte. »Hört auf zu streiten!«, forderte sie ihre Söhne auf, wenn sie sich zankten. »Lass sie doch! Die Reibereien tun ihnen gut«, erwiderte Arne. Gemeinsamkeiten hatten sie tatsächlich wenige.

Arne ließ Utes Worte, die er gut kannte, sacken und überlegte, wie er seiner Frau entgegenkommen konnte, wenn sie jeden Zärtlichkeitsversuch von ihm abwehrte. Konnte er ihr das so direkt sagen? Bis jetzt hatte er es noch nicht gewagt.

»Danke Ute für deine Offenheit. Und du, Arne?«, fragte Alfred, der, ohne ein Zeichen bekommen zu haben, die Moderation übernommen hatte. Korbinian zeigte keine Reaktion darauf.

Schließlich sprach Arne seine Gedanken aus und wünschte sich von seiner Frau mehr Zärtlichkeit und körperliche Berührungen.

»Damit ist alles gesagt!« Alfred klatschte in die Hände. »Geht aufeinander zu. Eine Woche habt ihr noch Zeit bis zum berühmt-berüchtigten 21.12.2012. Dann geht die Welt unter und es ist zu spät.« Alfred lachte als einziger.

Korbinian seufzte, ließ den Kopf nach hinten fallen und starrte die Decke an. Er konnte Sarahs, Armins und Liems verhaltene Freude über Alfreds unerwarteten Besuch mittlerweile gut verstehen.

»Und ihr müsst die Erfüllung eurer Wünsche natürlich vor uns bezeugen«, forderte Alfred das Ehepaar auf.

Arne und Ute schien Alfreds Verhalten nichts auszumachen, zumindest ließen sie es sich nicht anmerken. Sie erhoben die Gläser und versprachen sich, dass sie bis zum 21. Dezember aufeinander zugehen würden. Gleichzeitig waren sie sich bewusst darüber, dass damit ihre Ehekrise noch lange nicht gegessen war, denn an einem ähnlichen Punkt waren sie in der Vergangenheit schon oft gestanden.

»Zusammengefunden!«, jubelte Alfred und wunderte sich, dass das Ehepaar sich nicht bei ihm für seine Unterstützung bedankte.

»Du musst übrigens keine Angst vor dem 21.12.2012 haben. Die Welt wird nicht untergehen.« Mit diesen Worten griff Ute Alfreds Anmerkung von vorhin auf.

Arne bestätigte diese Aussage mit einem kräftigen Kopfnicken.

»Das weiß ich eh. Glaubt ihr wirklich, dass ich an so einen Schwachsinn glaube?« Alfreds übertriebenes Lachen war nicht zu bremsen.

»Das ist kein Schwachsinn, nur wird die Welt nicht untergehen. Im Gegenteil, Mama Gaia wird beginnen, höher zu schwingen.«

Alfred prustete los, zum Glück hatte er keinen Dom Pérignon im Mund. »Zum Geier was?«

Korbinian fand es unmöglich, wie Alfred sich über Ute lustig machte. Er bat sie, mehr darüber zu erzählen, da er wissen wollte, ob sie dieselben Sichtweisen wie Uschi vertrat. In den letzten Wochen hatte sie im Friseurladen ständig über den Maya-Kalender gesprochen und dass ab dem 21. Dezember eine neue Zeit anbrechen würde. Die Menschheit würde endlich aufwachen. Keine Kriege mehr. Alles Böse soll von der Erde verschwinden. Und auch an Worte von höherer Schwingung konnte er sich erinnern.

Als Ute zu reden begann, war es nun Alfred, der seufzte und den Kopf nach hinten fallen ließ. »Mama Gaia ist ein anderer Name für Mutter Erde. Sehr viele wissende Menschen haben schon vor tausenden Jahren vorhergesagt, dass unsere Welt sich aktuell in einer Transformationsphase befindet. Laut dem Maya-Kalender, der übrigens Tzolkin heißt, endet am 21.12.2012 die vierte Welt und es beginnt die fünfte Welt. Dieses Datum kennzeichnet auch die Mitte dieser Transformationswelle.«

Das war neu für Korbinian, bestimmt auch für Uschi. Davon musste er ihr unbedingt erzählen. »Wie lange dauert diese Welle?«, fragte er, während Alfred aufstand, um Holz ins lodernde Feuer zu legen.

»Angeblich fünfzig Jahre. Der Wandel soll 1987 begonnen haben und bis 2037 abgeschlossen sein. Wie gesagt, sind wir jetzt mittendrin und das Positive soll sich intensivieren.«

»Aha! Das heißt, ab dem 21. Dezember lieben wir uns alle und es gibt keinen Streit und keine Kriege mehr… in der fünften Welt«, spottete Alfred, als er sich wieder auf die Couch setzte.

»Das Ganze musst du als Prozess verstehen«, sprang Arne unterstützend für seine Frau ein, »so hat es mir meine Energetikerin erklärt.«

»Und ihr glaubt diesen Schmus?«, konterte Alfred.

»Hat sie noch mehr gesagt?« Korbinian freute sich schon, Uschi viel Neues berichten zu können.

»Ja, enttäuschendes«, übernahm Ute das Wort. »Sie meinte, dass sich im Außen kaum etwas verändern wird. Der große

Umbruch soll erst in den Jahren 2020 und 2021 starten.«

»So lange noch«, stellte Korbinian enttäuscht fest. Uschi würde über dieses Detail auch wenig erfreut sein.

»Bis dahin haben wir all diesen Unfug über die vierte und fünfte Welt vergessen und es wird weiterhin Krieg und Leid auf der Erde geben«, bemerkte Alfred mit überzeugtem Ton.

»Und Einsamkeit!« Korbinian musste diesen Seitenhieb auf Alfred loslassen.

»Die Schwingung von uns Menschen und die der Erde wird sich erhöhen. Du kannst aktiv mithelfen«, versuchte Ute Alfred zu überzeugen, doch er schüttelte nur seinen Kopf.

»Da habt ihr eine tolle Gemeinsamkeit, die bestimmt eure Ehe stärkt«, betonte Korbinian, der hoffte, dass sich das Ehepaar dessen bewusst war.

Beide nickten, vor allem Ute war froh über diesen Berührungspunkt. »Aber lassen wir das Thema, wir wollen doch deine Nerven nicht überstrapazieren«, sagte sie in Alfreds Richtung und lachte kurz auf. »Wir können uns ja ein anderes Mal darüber unterhalten«, bot sie Korbinian an.

»Unbedingt! Gerne mit meiner Freundin Uschi, die das Thema liebt.«

»Aber nun zu euch«, sagte Ute und fuhr sich über ihr kurzgeschnittenes blondes Haar. »Nachdem wir uns entblößt haben, seid ihr dran. Was wünscht ihr zwei euch denn im Leben oder in euren Beziehungen? So richtig von Herzen?«

Das war eine gute Frage, dachte sich Korbinian. Bis vor wenigen Stunden war seine Antwort klar gewesen. Irgendwann Janis heiraten, aufs Land ziehen, dort einen Friseurladen führen, Hühner und einen Wachhund zulegen und viel reisen. Doch jetzt? Er war orientierungslos.

Nachdem beide mit großen Augen dasaßen und nichts sagten, ergriff Arne das Wort: »Als ich in eurem Alter war, sind die Wünsche aus mir nur so rausgesprudelt.« Er grinste leise vor sich hin, ohne etwas von seinen damaligen Herzensangelegenheiten preiszugeben.

»Dass es Janis gut geht, oder?«, fragte Ute.

»Ja, natürlich«, bestätigte Korbinian. »Aber nachdem Janis mich betrogen hat und ich das erst seit ein paar Stunden weiß, habe ich momentan keine Ahnung, was ich mir wünsche.« Sein Blick schweifte zum knisternden Feuer hin.

Das Ehepaar setzte einen mitfühlenden Blick auf und sah sich an, als ob sie Erfahrung mit Fremdgehen hätten.

»Ich würde ihm verzeihen«, äußerte sich Alfred.

»Was wünschst du dir?«, hakte Ute bei ihm nach.

Hätte ich doch nur meinen Mund gehalten, dachte er. Dass er sich am liebsten an Korbinian und seinen Pulli schmiegen wollte, um seine Einsamkeit wegzuzaubern, verschwieg er, stattdessen überraschte er mit anderen Worten: »Ein Cabrio. Idealerweise einen Porsche Boxster. In Schwarz.«

Alle drei wussten, dass das nicht Alfreds tatsächlicher Herzenswunsch war. »Und was passiert dann mit deinem *Kumpel*?«, fragte Arne, ohne sich eine Antwort zu erwarten.

Ein Lachen ging durch die Runde. Danach gähnte Korbinian, worauf Ute vorschlug, schlafen zu gehen, um am nächsten Tag fit zu sein. »Wir bleiben hier auf der Couch«, bestimmte sie und zwinkerte Korbinian zu, der verstand, dass sie ihrem Mann näher als sonst sein wollte.

»Dann gehen wir zwei rauf. Komm!«, forderte Korbinian Alfred auf, auch wenn er sich seine erste Nacht auf der Hütte anders vorgestellt hatte.

Der Schneesturm trieb weiterhin sein Unwesen. Der Wind heulte, er drang durch die Ritzen unter dem Dach und es klang, als ob die Hütte ächzen und stöhnen würde.

Bevor er sich zu Alfred ins Bett legte, zündete Korbinian ein weiteres Räucherstäbchen an. Erneut Weihrauch. Da es im Raum kühl war, behielt Korbinian den Strickpullover an.

»Ist dir nicht warm damit?«, fragte Alfred, der auf Körperkontakt hoffte. Er lag mit nacktem Oberkörper im Bett.

»Momentan nicht«, antwortete Korbinian und zog die Decke hoch bis zum Kinn.

»Ich kann dich wärmen, wenn du magst«, bot Alfred an.

»Brauchst du nicht, danke«, erwiderte Korbinian, für den die Worte seines Bettnachbarn keine Überraschung waren.

»Darf ich mich zumindest an deinen kuscheligen Pullover schmiegen?« Alfred kannte keine Scheu, denn mehr als ein *Nein* konnte nicht retour kommen.

»Nein! Gute Nacht!«

Das war klar, dachte sich Alfred. Halten sich alle für etwas Besseres. Diese jungen, eingebildeten Idioten. Das war ein Grund, warum er sich in den letzten Jahren mehr an ältere Männer rangemacht hatte. Männer, die mindestens sechzig Jahre alt waren, erteilten ihm nie eine Abfuhr, im Gegenteil, mit einem Dauergrinsen luden sie ihn auf alle möglichen Veranstaltungen ein. Obwohl er selbst Eventmanager war, nahm Alfred alle Einladungen an. Er tanzte mit ihnen auf noblen Festen, aß die leckersten Speisen und trank den besten Champagner – natürlich gratis. Wollten die älteren Semester mehr (was jedes Mal der Fall war), ließ er sie gewähren und landete mit ihnen im Bett, um das Gefühl der Einsamkeit zu lindern. Am nächsten Tag, wenn er erwachte und die andere Betthälfte bereits leer war, entdeckte er oft einen Hunderteuroschein in seiner Hosentasche oder auf dem Nachtkästchen. Obwohl er sich in diesen Momenten so fühlen könnte, als wäre er ein Prostituierter, tat er das nicht. Dennoch fühlte er sich schlecht, genauso wie jetzt. Schließlich hatte er Korbinian bei der Suche seines Freundes geholfen und versucht, ihn aufzubauen. Doch als Dank wurde er ständig von ihm angeschnauzt und abgewiesen. »Gute Nacht!«, zischte Alfred und drehte sich von Korbinian weg. Er starrte gegen die dunkle Wand, an Schlaf war nicht zu denken. »Ich hoffe, Janis geht's gut«, fügte er noch hinzu.

Warum war ich bloß so garstig zu dem armen Teufel?, dachte Korbinian. Auch wenn Alfred mehrmals nervig gewesen war, empfand Korbinian Mitleid mit ihm und wer weiß, vielleicht würde auch er bald in den Schuhen der Einsamkeit tanzen. Seine Gedanken wanderten zu Janis, als ein schreckliches Bild auftauchte: Janis tot im Schnee.

»Was ist los?«, fragte Alfred, der bemerkte, dass Korbinian zusammengezuckt war.

»Wenn Janis erfriert, werde ich mir das nie verzeihen können«, gestand Korbinian. Er sog bewusst den Duft des Weihrauchs in seine Nase ein, doch der Geruch beruhigte ihn nicht. »Tut mir leid wegen vorhin! Du kannst dich gerne in meinen Pullover reinkuscheln.«

»Nein, danke«, lehnte Alfred ab. Er klang trotzig. Nach einer kurzen Stille zwischen ihnen sagte er: »Weißt du, ein Cabrio ist nicht mein Herzenswunsch.«

Obwohl Korbinian das geahnt hatte, erwähnte er das nicht, sondern fragte nur: »Was dann?«

»Eine Partnerschaft mit einem Gleichaltrigen. Aber das klappt nie. Nur die *60 plus* wollen mehr von mir.« Den Teil mit den Hunderteuroscheinen erzählte er nicht. »Ich komm auch nicht los von denen, obwohl die mich nicht glücklich machen.«

»Du musst fest daran glauben, vor allem, wenn dir Sterne begegnen. Meine Mutter hat immer gesagt: *Jeder Stern, den du siehst, bringt dir Glück. Und wenn du großes Glück hast, geschieht ein Wunder*.«

»Und war das bei dir so? Hast du Wunder erlebt?«

»Ja, mehrmals«, log er. »Das Wichtigste ist, dass du an deinen Wunsch glaubst.« Korbinian begriff nicht, warum er Alfred von diesem Sternen-Mythos unbedingt überzeugen wollte.

»Mal sehen. Jetzt wünsche ich mir für dich, dass es Janis gut geht.«

Korbinian bedankte sich, atmete noch einmal bewusst den Weihrauchduft ein und versuchte einzuschlafen, doch es gelang ihm nicht. Alfred hingegen hatte keine Schlafprobleme, er schnarchte schon nach wenigen Minuten. Glücklicherweise hatte Janis nie geschnarcht. Sehr gut konnte sich Korbinian an die erste gemeinsame Nacht erinnern. Wie verrückt sie doch gewesen war! Nach den vier Gläschen Sekt im

Park war Janis unruhiger geworden. Er drängte Korbinian, bei ihm zu übernachten, bettelte förmlich darum, doch Korbinian wollte keinen One-Night-Stand eingehen. Zu schnell würde alles verpuffen. Stattdessen lud er ihn am nächsten Tag auf ein Gläschen Sekt ein, bei *HAIR-Mann*, dem Friseurladen, wo er seit seiner Lehre arbeitete. »Aber komm erst um achtzehn Uhr dreißig. Dann sind wir allein«, fügte Korbinian hinzu. Der Chef, der wenig überraschend Hermann hieß, ließ jeden Tag um Punkt achtzehn Uhr alles liegen und stehen, um noch Zeit mit seinen beiden Söhnen, die sechs und neun Jahre alt waren, zu verbringen. Als Janis tatsächlich am nächsten Tag hereinschneite, drehte sich Korbinian, der auf einem Friseurstuhl saß, schwungvoll in die Richtung seines Verehrers. Er hoffte, dass Janis an mehr als einer gemeinsamen Nacht interessiert war. Mit einem breiten Grinsen begrüßten sie sich. Janis schwärmte, wie schon am Vortag mehrmals, von Korbinians Zahnlücke. Und Korbinian fand Janis' Ballonnase entzückend, behielt dies aber für sich. Irritiert war er nur über Janis' Klamotten. Gestern noch leger mit zerrissenen Jeans und T-Shirt, stolzierte er heute mit weißem Hemd, schwarzer Stoffhose und Lackschuhen daher. Vermutlich war dieses Auftreten seinem Job als PR-Manager geschuldet. Nachdem Korbinian zugesperrt hatte, setzten sie sich nebeneinander auf Friseurstühle, während sie mehr von sich erzählten. Dabei sahen sie sich abwechselnd an, einmal direkt und einmal über den Spiegel vor ihnen. Janis versuchte Korbinian zu ermutigen, einen eigenen Friseurladen zu eröffnen. »Ich könnte dir helfen. Nicht umsonst bin ich erfolgreicher PR-Manager für Beauty-Magazine«, prahlte Janis. Doch der Gedanke an Selbstständigkeit war für Korbinian zu früh, das konnte er sich noch nicht vorstellen. Als ihre Mägen zu knurren begannen, schlug Janis ein Abendessen im *L´appétit* vor. Ein Nobelrestaurant. Mit 5-Sterne-Koch. »Sorry, aber das kann ich mir nicht leisten«, antwortete Korbinian, ohne sich dabei schlecht zu fühlen. Auch eine Einladung lehnte er ab und brachte stattdessen eine Pizzazustellung ins Spiel. Janis zierte sich anfangs, ließ sich jedoch überreden, da er manchmal – sowie auch gestern mit dem Picknick im Park – das glamouröse Muster seiner Eltern durchbrach, um nach kurzer Zeit festzustellen, dass er doch für den Prunk geboren war. Nie hatte es ihm an etwas gefehlt. Seine Mutter hatte ihn so erzogen, dass das Beste vom Besten gerade gut genug für ihren Sohnemann war. Sie war Vorständin in einer Bank. Janis Vater hatte bereits früh ein paar Häuser und Grundstücke geerbt und arbeitete als Geschäftsführer im Bauwesen. Aufenthalte in den luxuriösesten Hotels sowie Yachturlaube waren für Janis als Kind Routine gewesen. Und nun saßen sie im *HAIR-Mann* und aßen hinten im Personalraum ihre Pizza. Korbinian schnitt ein Stück von seiner *Diavola* ab, während Janis an seiner *Frutti Di Mare* genüsslich kaute. Kurz darauf landeten sie auf der Couch, die vor dem Fenster stand, und küssten sich erneut. Korbinian schob Janis' braune Haare, die auf der rechten Seite länger waren, sanft hinter sein Ohr. Es dauerte nicht lange, bis sie miteinander schliefen – mehrmals, bis sie erschöpft waren. Korbinian hätte nie gedacht, dass er einmal im *HAIR-Mann*

Sex haben würde. Es war sehr ungewöhnlich, aber auch äußerst befriedigend. Bis sechs Uhr morgens blieben sie auf der Couch liegen, kuschelten sich aneinander und genossen ihre erste gemeinsame Nacht zusammen. Korbinian dachte daran, wie schön es gewesen war, ohne die Sorge gehabt zu haben, dass es bei einem One-Night-Stand bleiben könnte. Mit diesen Erinnerungen schlief er endlich ein, obwohl Alfred neben ihm weiterhin schnarchte.

SAMSTAG
15. DEZEMBER 2012

Ein aufreibend kratzendes Geräusch weckte die beiden. Eine Schneeschaufel. Auch das noch! Als ob Alfreds Schnarchen nicht genug gewesen wäre.

»Morning Darling. Was für eine entspannte Nacht«, schwärmte Alfred. Er reckte und streckte sich, dann stand er auf. »Aber kalt ist es. Brrrr.«

Korbinian murrte. Seine Augenlider drückten nach unten. Am liebsten wollte er noch eine Runde schlafen, doch der Gedanke an Janis ließ ihn hochfahren.

Ute, die vor dem Herd stand, lächelte ihnen entgegen. Ihr Gesichtsausdruck verriet, dass sie sich in der Nacht ihrem Mann angenähert hatte. Damit konnte das Seminar als Erfolg verbucht werden, zwar anders als geplant, aber das Wie war nicht relevant. Im Kaminofen knisterte es, das Feuer sorgte für eine angenehme Wärme im Raum.

»Wollt ihr auch Tee?«, fragte Ute, die Wasser aufstellte.

»Gerne«, antwortete Alfred, der sich an den Tisch setzte. »Mit einem Schuss Rum.«

Korbinian nickte nur, schaute aus dem Fenster und beobachtete, wie Arne die Einfahrt freischaufelte. Der Schneesturm hatte sich verzogen, die Sonne strahlte vom blauen Himmel, doch die Eisblumen am Fenster verdeutlichten, wie bitterkalt es draußen war. Falls Janis in den letzten Stunden keinen Unterschlupf gefunden hatte, lebte er definitiv nicht mehr. Korbinian wurde übel. Er lief ins Badezimmer, dort, wo gestern Janis sein Gesicht gepflegt und *La la lalalalala Love* gesungen hatte. Er kniete sich hin, beugte sich über die Kloschüssel, doch es kam nichts raus. Es war der 15. Dezember 2012. »In sechs Tagen geht die Welt unter«, sagte er, als er aus dem Badezimmer zurückkam.

»Darling, fang nicht wieder mit diesem Schmus an«, flehte Alfred ihn an.

Ute musste sich zurückhalten, denn liebend gern wollte sie sich mit Korbinian über das neue Zeitalter unterhalten. »Du siehst blass aus.« Sie blickte besorgt zu Korbinian, der gähnte, ohne sich die Hand vor den Mund zu halten. Dann sagte er: »Mein Freund hat mich betrogen, er hat vielleicht die Nacht nicht überlebt und in sechs Tagen könnte die Welt untergehen. Noch Fragen?«

Ute ging zu ihm hin, überreichte ihm eine Tasse mit heißem

Kräutertee und klopfte ihm wortlos auf die Schulter. In dieser Situation würden Worte ohnehin wenig helfen, auch wenn sie ihr auf der Zunge brannten. Dann setzte sie sich hin und begann mit ihren Fingern zu knacken, während Korbinian auf sein Handy schaute. Es gab nach wie vor keinen Empfang.

Als Arne mit dem Schneeschaufeln fertig war, kam er pfeifend in die Hütte zurück.

Die beiden hatten definitiv miteinander geschlafen, dachte Korbinian, der vom heißen Tee nippte.

»Wir können aufbrechen«, teilte ihnen Arne mit. Er rieb sich die Hände und hauchte mehrmals in seine Handflächen, um sie aufzuwärmen.

»Wohin?«, fragte Alfred.

»Ich fahre runter ins Tal und werde eine Vermisstenanzeige aufgeben. Die Behörden werden hoffentlich sofort eine Fahndung einleiten«, antwortete Korbinian. Sein Gesicht war nach wie vor bleich.

»Kommt gar nicht in Frage! In diesem Zustand lassen wir dich nicht allein«, äußerte sich Ute. »Im Seminarhaus gibt es bestimmt eine funktionierende Telefonleitung. Dort kannst du die Polizei verständigen. Und vielleicht hat der Suchtrupp Janis schon gefunden.«

Korbinian ließ sich überreden, mitzukommen, und so machten sie sich auf den Weg. Ohne Probleme sprang der Motor von Alfreds Kumpel an. Bei Luis' Haus machten sie einen Zwischenstopp. Armin, der eben erst mit dem Schneeschaufeln fertig geworden war, winkte ihnen zu. Ein paar blonde Locken blitzten unter seiner Mütze hervor. Sie gingen rein, um eine weitere Tasse Tee zu trinken. Korbinian raunte. Nur fünf Minuten, versprach das Ehepaar.

»Oh nein!«, entfuhr es Sarah und hielt sich eine Hand vor den Mund, als sie hörte, dass Janis weiterhin verschollen war.

Um Korbinians Nerven nicht weiter zu strapazieren, schlürften sie hastig aus ihren Tassen. Schwarztee. Zu Arnes Übel. Er nahm lediglich einen Anstandsschluck, während er Armin zuhörte, der über das Reh sprach. Völlig unerwartet war es in den Morgenstunden aufgestanden und hatte die Verliebten – Liem und Armin – angesehen. Es hatte *Danke* sagen wollen, da waren sich beide einig. Ein magischer Moment. Für einen kurzen Augenblick. Und doch hatte es sich so angefühlt, als ob die Zeit für mehrere Minuten stehengeblieben war. Ohne Anzeichen einer Verletzung war das Reh schnurstracks davongelaufen, rein in den tiefverschneiten Wald. Zumindest eine Geschichte, die sein gutes Ende gefunden hatte. Alfred gähnte. Ihn fadisierten diese Ausführungen. Glücklicherweise schaute Ute auf die Uhr und gab Arne ein Zeichen, dass sie aufbrechen sollten, denn Korbinian musste die Polizei verständigen und sie selbst wollten rechtzeitig beim Seminarabschluss dabei sein. Wie vorhin mit Alfred vereinbart, liehen sie sich seinen Kumpel aus. »Wenn ihr ihn später zurückbringt, könnt ihr ja mit uns Weihnachten feiern«, lud er, ohne die anderen gefragt zu haben, das Ehepaar ein. »Kommt gar nicht in Frage, das ist euer Fest«, antwortete Arne, der sich erhob und sich für den Schwarztee, das bittere Gesöff, bedankte.

Wie werde ich wohl Weihnachten feiern, dachte Korbinian,

während er aufstand. Mit Janis? Oder ohne ihn? Er fürchtete sich vor dem bevorstehenden Telefonat mit der Polizei. Wenn Janis keinen Unterschlupf gefunden hatte oder nicht rechtzeitig aufgegabelt worden war, standen seine Überlebenschancen bei null. Korbinian wurde schlecht bei diesem Gedanken. Es fühlte sich endgültig an, wie der befürchtete Weltuntergang am 21.12. Sein mulmiges Gefühl im Magen verstärkte sich, als er an den Super-Vulkan Yellowstone in den USA dachte. Wenn der ausbrechen würde…

»Hat mich gefreut, Darling«, unterbrach Alfred Korbinians Gedanken und umarmte ihn. »Und Janis geht's bestimmt gut.«

Korbinian zog den Pulli von Uschi aus und überreichte ihn Alfred, der ihn mit großen Augen ansah. »Für dich.«

Dieses Geschenk machte den Wikinger verlegen. Vorsichtig fragte er nach: »Bist du dir sicher?« Es war ein selbstgestrickter Pullover und kein Hunderteuroschein.

»Ja, obwohl du meine Nerven zeitweise ganz schön strapaziert hast«, Korbinian zwinkerte, »bist du im Grunde ein lieber Kerl.«

Alfred umarmte Korbinian noch einmal. Dann lief er ein paar Schritte zur Couch hin, wo sein Rucksack lag. Er kramte darin herum und fischte ein Etui heraus. Als er wieder bei Korbinian war, überreichte er ihm eine Visitenkarte von ihm. »Bitte gib mir Bescheid, wenn du etwas von Janis weißt, okay?«

Korbinian nickte, sagte »Tschüss« und bedankte sich auch bei den anderen. »Ihr schafft locker die sechs Monate Fernbeziehung. Das wird euch zusammenschweißen, ihr werdet sehen«, sagte er in Richtung Liem und Armin, die damit wussten, dass Alfred getratscht hatte. Auch das Ehepaar verabschiedete sich und wünschte allen ein frohes Weihnachtsfest. Dann stülpte Arne seine blaue Wollmütze über den Kopf, Ute ihre rosarote. Bevor sie Alfreds Kumpel ansteuerten, winkten sie der heiteren Runde nochmals zu.

Obwohl Korbinian überlegte, sich auf die Zunge zu beißen, fragte er frech das Ehepaar: »Die Nacht hat euch gutgetan, nicht?«

Arne, der das Auto lenkte und bergauf fuhr, sagte nichts dazu. Ute kicherte. »Es war ein Anfang. Aber es liegt noch ein weiter Weg vor uns.«

»Immerhin ein guter Anfang«, erwiderte Korbinian. Mit wieder mehr Farbe im Gesicht musste er ständig an Janis denken. Hoffentlich hatte der Schneesturm ihn zum Seminarhaus geführt und er war wohlauf. Die Last der Schuld ließ sich nicht ignorieren, drängte sich aufreibend wie Alfreds Schnarchen auf. Hätte ich nur nicht in Janis' Handy herumgeschnüffelt. »Wenn er tot ist, bin ich schuld.« Diese Worte auszusprechen, war furchtbar, gleichzeitig erleichterte es Korbinian.

»Schlechtes Gewissen ist eine Überfunktion der Schulddrüse. Hab' ich mal wo gelesen.« Dieses Mal sprach Arne, der konzentriert das Fahrzeug lenkte. Zum Glück hatte Alfred seinem Kumpel Schneeketten verpasst, ansonsten hätten sie keine Chance, voranzukommen.

»Hoffentlich musste er nicht lange leiden. Wie lange dauert es, bis man erfriert?« Über Sterben und Tod zu sprechen, verursachte einen trockenen Mund bei Korbinian. Über diese Themen hatte er bisher noch nie großartig nachgedacht. Nur, als sein Großvater mütterlicherseits gestorben war. Da er zu ihm allerdings keine gute Beziehung hatte, waren solche Fragen egal gewesen. Und Trauer hatte er damals auch keine verspürt.

»Hör auf, so zu denken. Im Moment wissen wir nichts über Janis. Du darfst die Hoffnung nicht aufgeben«, erwiderte Ute. Sie knackte mit ihrem Daumen den rechten Zeigefinger.

»Aber glaubt ihr, dass es nach dem Sterben irgendetwas gibt? Uschi sagt immer, dass die Seele ins Licht gegangen ist, wenn ein Kunde über einen Todesfall klagt. Aber das hört sich so verrückt an und ich kann mir nichts darunter vorstellen. Ins Licht gehen. Es klingt zu abstrakt. Und woher will Uschi das wissen?«

»Wer weiß das schon, was nach dem Leben passiert«, äußerte sich Arne zu diesem Thema.

»Aber«, begann Ute, während sie ihre rosarote Mütze ganz über die Ohren schob, »es gibt tausende Berichte von Menschen, die eine Nahtoderfahrung hatten. Die erzählen alle genau von diesem Licht, das sie angezogen hat. Und um zu diesem hinzugelangen, haben sie sich von ihren Körpern gelöst. Konnten trotzdem alles um sich herum wahrnehmen.«

»Dann hat Uschi vielleicht doch recht, und unser Bewusstsein ist tatsächlich nicht nur auf unseren Körper beschränkt«, dachte Korbinian laut nach.

»Mhm … Patienten haben nach dem Aufwachen berichtet, dass sie durch Mauern geschwebt sind.«

»Ute, fang nicht wieder mit diesen Geistergeschichten an«, wies Arne seine Frau zurecht.

»Das sind keine Geistergeschichten. Warum, glaubst du,

konnten die Patienten genauestens erzählen, was im Nebenraum passiert war, als sie scheinbar tot waren?«, konterte sie mit schnippischer Stimme.

Schweigen. Arne wusste, dass es jetzt besser war, den Mund zu halten, so verdrehte er nur seine Augen. Der kurz anhaltende Haussegen hing wieder schief. Nach einer kurzen Pause fuhr Ute fort: »Das Ding ist, viele Geschichten beweisen, dass es neben unserem grobstofflichen auch einen feinstofflichen Körper, den Astralkörper, gibt«, klärte Ute Korbinian auf. »Vor allem spirituelle Meister kennen sich mit der feinstofflichen, für uns unsichtbaren Welt aus. Sie können bewusst Astralreisen durchführen.«

»Astralreisen?« Korbinian runzelte die Stirn.

»Ja! Menschen können mit ihrem Bewusstsein aus ihren Körpern austreten und reisen dann in der Astralwelt umher, also in dem Bereich, der für uns unsichtbar ist.«

»Glaubst du das wirklich?«, fragte Korbinian, der besorgt zu Arne sah.

»Na klar! Wenn du die ganzen Bücher darüber liest, wirst du auch nicht mehr daran zweifeln. Alle sehr glaubhaft. Vor allem Dr. Myers –«

»Wir sind gleich da«, unterbrach Arne seine Frau. In ihm rumorte es innerlich, da sich Ute zu sehr von dem Hokuspokus vereinnahmen ließ. Ein bisschen war okay, aber seine Frau ging eindeutig zu weit. Sie kannte bei diesem Thema keine Grenzen, speziell, wenn sie mit diesem Dr. Myers daherkam.

»Ich erzähl's dir in einer Seminarpause«, versprach sie Korbinian und schoss mit ihren Augen Giftpfeile zu ihrem Mann hin. »Und die Geschichte mit meiner Großmutter wird dich sicher auch faszinieren.« Utes Augen leuchteten.

Korbinian nickte. Dann war es still. »*Wir sind gleich da*« dauerte noch fünf Minuten. Fünf schweigsame Minuten. Für die dicke Luft, die zäh wie Nebel zwischen dem Ehepaar hing, fühlte sich Korbinian verantwortlich. Hätte er nur nicht mit dem Sterbethema begonnen. *Schlechtes Gewissen ist eine Überfunktion der Schulddrüse,* hörte er Arne in seinen Gedanken murmeln.

Das zweistöckige Seminarhaus lag gut versteckt zwischen Tannen und Fichten. Ihre Äste und Zweige waren vollbepackt mit Schnee. Mehrere eingeschneite Autos parkten vor dem Haus, das einen märchenhaften Charme versprühte: goldener Anstrich wie Honig, grüne Fensterbalken und der Rauch puffte gemütlich aus dem Schornstein. Die Moderne schien diesen Fleck der Erde noch nicht erreicht zu haben. Ein verwunschenes Haus, das Korbinian verzauberte und die nächste Überraschung für ihn bereithielt.

Nachdem der Abschlusstag von *Zusammenfinden* bereits begonnen hatte, hastete Arne in den Seminarraum. Er wollte nichts versäumen. Ute hingegen zeigte Korbinian noch einen Raum, wo er es sich gemütlich machen und auch seinen Schlaf nachholen konnte. »Das Telefon ist oben. Komm mit!« Sie sauste die Treppen hoch und deutete zur linken Tür. »Das Büro. Am Wochenende ist niemand da. Wenn du mich brauchst, scheu dich ja nicht, mich aus dem Seminarraum zu holen, okay?«

Korbinian nickte und bedankte sich bei Ute, die hinuntereilte und im Seminarraum verschwand. Die ganze Zeit hatte er es nicht erwarten können, die Polizei anzurufen und jetzt, wo es so weit war, wollte Korbinian nur davonlaufen. Sein Herz pochte kräftig. Obwohl Ute ihm versichert hatte, dass um diese Zeit keiner im Büro sein würde, klopfte er an. Kein Mucks. Er drückte die Türschnalle nach unten, öffnete die Tür und trat ein. Es war ein kleiner Raum. Mit nur einem weißen Schrank und einem Schreibtisch, darauf stand das Telefon sowie Unterlagen, ordentlich gestapelt. Korbinian setzte sich auf den Stuhl und atmete durch. Dann fischte er sein Handy aus der Hosentasche und notierte Janis' Nummer auf ein Post-it, da er sie nicht auswendig wusste. Aus dem Seminarraum drang ein indianerähnlicher Gesang. Und ein Trommeln. Jeder Schlag war wahrscheinlich dazu gedacht, sich seiner besseren Hälfte anzunähern. Ob es Arne und Ute gelang? Oder würden sie sich mit jedem Takt eher voneinander entfernen?

Ute. Sie würde jetzt die perfekte Stütze sein, aber unter keinen Umständen konnte Korbinian dem Ehepaar den Abschluss ihres *Zusammenfindens* verderben. Er nahm den Telefonhörer in die Hand und tippte die Nummer in das weinrote Tastentelefon ein.

Es läutete.

Tatsächlich.

Es läutete.

Janis war also nicht mehr in den Bergen, er musste bereits im Tal sein – hoffentlich lebendig. Unbewusst fuhr sich

Korbinian mit der Zunge über seine Zahnlücke. Bitte heb' ab, nuschelte er, doch nach dem achten Klingelton schaltete sich die Mobilbox ein.

»Janis, melde dich. Ist alles in Ordnung? Ich mach' mir Sorgen.«

Wo Janis sich melden sollte, wusste Korbinian selbst nicht, solange der Handyempfang in den Bergen unterbrochen war und er keine Telefonnummer vom Seminarhaus hatte. Nach einer Minute probierte er es noch einmal. Ohne Erfolg. Auch die weiteren drei Versuche schlugen fehl. Er hämmerte mit der Faust auf den Tisch und brummelte vor sich hin. Ihm war bewusst, dass er nicht umhinkam, die Polizei zu verständigen. Bis jetzt hatte er gehofft, dass ein Wunder geschehen, dass alles gut werden würde, doch die Realität war eine andere. Am meisten fürchtete sich Korbinian, dass ihm ein Staatsdiener am anderen Ende der Leitung mitteilte, dass keine Suche mehr notwendig war. Nicht, weil Janis quietschvergnügt auf der Polizeistation *La la lalalalala Love* sang, sondern …

Korbinians Mund war trocken wie der Sandkuchen seiner Schwiegermutter.

Irmgard Blumenau.

Sie hatte bestimmt Informationen aus erster Hand, da Janis offensichtlich nicht mehr in den Bergen war. Doch Korbinian wollte sie nicht kontaktieren, denn er empfand reine Antipathie gegenüber dieser Frau, die er den Dragoner nannte. Diese Gefühle beruhten auf Gegenseitigkeit, denn Janis' Mutter wünschte sich für ihren Sohn einen Partner aus derselben gesellschaftlichen Schicht, statt eines Friseurs.
Warum ausgerechnet ein Friseur?

Selbst der Umstand, dass Korbinians Eltern ein Schmuckgeschäft hatten, änderte nichts an ihrer Einstellung zu ihrem Schwiegersohn. Nur Janis zuliebe setzte sie ein Lächeln auf, wenn sie sich sahen. Und das gelang ihr mehr schlecht als recht.

Nein, ein Telefonat mit seiner Schwiegermutter würde Korbinian jetzt nicht ertragen. Nach eingehender Betrachtung kam er zu dem Schluss, dass Janis seiner Mutter bestimmt verschwiegen hatte, dass er sich zu einer Selbstversorger-Hütte überreden lassen hatte. Somit war sie sicher nicht auf dem aktuellen Stand. Eine Tatsache, die wiederum Irmgard Blumenau kaum ertragen würde, denn sie hatte eine Neigung dazu, alles wissen zu wollen und ihre Nase in Angelegenheiten anderer reinzustecken, die sie nichts angingen. Dabei drängte sie meistens ihre eigene Meinung auf, als wäre sie die einzig richtige. Diese Eigenschaft von ihr hatte Janis davon abgehalten, ihr von seiner Mitfinanzierung von Korbinians Friseurladen zu erzählen. Weder Janis noch Korbinian mochten sich die Reaktion von Frau Blumenau ausmalen, wenn sie es je herausfinden sollte.

Magdalena. Janis' beste Freundin war eine weitaus bessere Wahl. Nach dem zweiten Klingeln hob sie ab. Doch wie auch Wolfgang und Robert, Kumpanen von Janis', die er danach anrief, wusste sie von nichts.

Die Trommelgeräusche wurden lauter und schneller, der Indianergesang unrhythmischer. Das nervte Korbinian. Aber sein Unmut beruhte viel eher darauf, dass er nun tatsächlich seine Schwiegermutter anrufen musste. Sie würde ihm bestimmt die Schuld geben.

»Blumenau! Wer spricht bitte?«, säuselte sie in ihr Handy.

Hätte Korbinian sie von seinem Handy aus angerufen, wäre sie vermutlich nicht rangegangen. Als sie ihren Schwiegersohn hörte, bekam ihre Stimme mit einem Schlag eine Strenge, die Korbinian vertraut war. »Du wagst es anzurufen, nachdem du schon so viel Schaden angerichtet hast? Du verschleppst meinen Sohn bei diesem Schneesturm in die Berge? So eine Schnapsidee! Und dann wagst du es, ihn aus dieser schäbigen Hütte rauszuwerfen und seinem Schicksal zu überlassen?«

»Das heißt, Janis geht's gut? Wir müssen nicht die Polizei verständigen?«, fragte Korbinian kleinlaut und versuchte gleichzeitig innerlich die Anschuldigungen beiseitezuschieben.

»Das kannst du dir sparen!«, fauchte seine Schwiegermutter ins Handy hinein. Dann legte sie auf.

Die Musik im unteren Stock steuerte auf ihren Höhepunkt zu. Nun kamen schrille Flötentöne dazu. Nicht zum Aushalten, dieser Lärm! Und wie unerträglich war dieses Telefonat soeben gewesen? Sollte er sich freuen oder nicht, dass er die Polizei nicht verständigen musste? Janis schien in Ordnung zu sein, aber warum zur Hölle hob er nicht ab?

Noch einmal versuchte Korbinian, ihn zu erreichen. Und noch einmal musste er mit der Mobilbox vorliebnehmen. Dieses Mal jedoch hinterließ Korbinian keine Nachricht. Er legte auf. Jetzt, wo er wusste, dass Janis wohlauf war, konnte er ihm gestohlen bleiben, schließlich hatte er Korbinian betrogen und nicht umgekehrt. Mit Milosz. Diesem 22-jährigen Adonis, den Janis von der Konkurrenz abgeworben hatte.

Und wie er von dem Jüngling geschwärmt hatte.

Milosz ergänzt mein Team perfekt.

Milosz weiß, wie er Kunden mit seinem Auftreten überzeugt.

Milosz hat für sein Alter so viel Erfahrung.

Milosz ist ein Meister der Rhetorik.

Milosz hin. Milosz her.

Nun wusste Korbinian, was wirklich dahintersteckte. Er stand auf, ging zum Fenster und schaute hinaus. Eine zauberhafte Schneelandschaft strahlte ihm entgegen, doch er freute sich nicht daran. Schlagartig hörte die Musik auf. Korbinian ging hinunter, in den Raum, den Ute ihm vorher gezeigt hatte. Er legte sich auf die graue Couch, auf der mehrere gelbe Polster lagen. Ihm gegenüber stand ein Regal voll mit Büchern. Es mussten mindestens hundert sein. Ein riesiger Ficus benjamina brachte etwas grün in den Raum. An der Wand neben der Pflanze hing ein Abrisskalender, der das heutige Datum zeigte. 15. Dezember 2012.

In neun Tagen war Heiliger Abend. Aber nur, wenn Ute und Arne recht hatten und sich die Erde transformieren und nicht untergehen würde. Wie hatte Ute die Erde noch genannt?

Korbinians Aufmerksamkeit wanderte zum kleinen Glastisch vor der Couch, auf dem ein Weihnachtsstern stand. *Jeder Stern, den du siehst, bringt dir Glück. Und wenn du großes Glück hast, geschieht ein Wunder.* Dieser Satz seiner Mutter kam automatisch, egal welchen Stern Korbinian sah. Wie es ihr jetzt wohl ging? Seiner Mutter. Da erinnerte er sich wieder. Mama Gaia. So nannten manche Menschen, wie auch Ute, die Erde.

Langsam fiel die Anspannung von Korbinian ab. Die Muskeln lösten sich. Janis war nicht im Schneesturm erfroren. Alles andere war irrelevant. Sollte er doch glücklich werden, mit diesem Milosz. Obwohl Korbinian den 22-Jährigen nur einmal gesehen hatte, hätte er damals bereits ahnen müssen, dass Janis' merkwürdiges Verhalten dem jungen Adonis galt. Doch Korbinians Naivität war zu ausgeprägt, um die Zeichen erkannt zu haben. Nun war die Affäre kein Geheimnis mehr. Die Illusion der perfekten Partnerschaft war zerbrochen und offenbarte ihr wahres Gesicht. Eine Fratze. Transformation. Mama Gaia. Der Beginn der fünften Welt. Astralreisen. Milosz. *Du verschleppst meinen Sohn bei diesem Schneesturm in die Berge?* Die Gedanken wirbelten heftig wie der gestrige Schneesturm in Korbinians Kopf umher, bis er schließlich einschlief.

Als er seine Augen öffnete, standen Arne und Ute vor ihm, daneben ein Mann mit kantigem Gesicht, der eine grüne Kappe trug. »Hallo, ich bin Joachim. Wenn du Lust hast, gesell' dich doch zum Mittagessen dazu«, bot er mit einem Lächeln an. Dann drehte er sich um und verschwand.

Korbinian rieb seine Augen und gähnte, während Arne ihn aufklärte, dass Joachim der Seminarleiter und Besitzer dieses Hauses war.

»Hast du Janis erreicht? Geht's ihm gut?«, fragte Ute und setzte sich auf die Couch, als Korbinian zu berichten begann. Sie klatschte ihre Hände zusammen, als sie erfuhr, dass es Janis scheinbar gut ging.

»Mein Magen knurrt. Ich gehe schon mal vor«, sagte Arne,

der vorher Korbinian noch auf die Schultern klopfte.

Als er weg war, warf Ute einen längeren Blick zurück, um sicherzustellen, ob ihr Mann tatsächlich in den Essraum ging. Dann flüsterte sie: »Ich wusste, dass es Janis gut geht; sonst hätte er dich wahrscheinlich aufgesucht.«

»Wie meinst du das?«, hakte Korbinian nach, während er sich aufsetzte und über seine kurzgeschorenen schwarzen Haare fuhr.

»Wäre er im Schneesturm erfroren, hätte dich bestimmt sein Astralkörper heimgesucht. Da bin ich hundertprozentig überzeugt davon. So war es auch bei meiner Großmutter.«

»Ja? Erzähl!«, erwiderte Korbinian und grinste.

Ute nickte. »Ich war mit ihr mein ganzes Leben sehr stark verbunden. In meinen ersten Jahren war sie immer für mich da. Wirklich immer. Und in ihren letzten Jahren war es umgekehrt. Da habe ich mich um sie gekümmert, so gut es ging. Kurz vor ihrem 88. Geburtstag ist sie überraschend gestorben. In der Nacht. Als ich mich schlafen legte, hatte ich noch keine Ahnung. Aber als ich dann um vier Uhr morgens wach wurde, sah ich sie auf der Bettkante sitzen. Ein Strahlen umgab sie. Sie hat mich angelächelt und strich mit ihren Fingern über meine Wangen. Sie waren so deutlich zu spüren. Ihre Finger. So ein warmer Moment. Dann war sie weg. Am nächsten Morgen, als ich meine Augen öffnete, stand Arne vor mir und teilte mir die Hiobsbotschaft mit.« Ute knackte mit ihren Fingern und starrte dabei den Ficus Benjamina an.

»Sowas kann ich mir kaum vorstellen«, sagte Korbinian.

»Arne auch nicht. Er will von der Geschichte nichts hören.

Aber es war so.« Ute zuckte mit den Schultern und wandte ihren Blick von der Zimmerpflanze ab, um mit Korbinian in Augenkontakt zu treten.

»Aber ich glaube dir!«

Ute lächelte. »Gehen wir essen! Du brauchst eine Stärkung.«

Es gab Spaghetti al Pomodoro mit grünem Salat. Ein Ehepaar, das vor sieben Monaten bei *Zusammenfinden* dabei gewesen war, hatte während des Seminars für die Gruppe gekocht. Da sie finanziell nicht so flüssig waren, freute sich Joachim immer über Teilnehmer, die sich, statt den ganzen Seminarbetrag zu zahlen, ein paar Tage Zeit nehmen konnten, um das Essen zuzubereiten. Und es schmeckte. So gut, dass Korbinian seinen Teller nachfüllte. Während des Essens herrschte eine eigenartige Stimmung. Nicht, dass er unbedingt mit Fragen durchlöchert werden wollte, aber niemand interessierte sich für *den Fremden* am Tisch. Alle Paare, inklusive Ute und Arne, sahen sich frisch verliebt an und unterhielten sich nur über ihre Augen. Als ob Joachim ihnen einen Liebestrank eingeflößt hätte. Oder ist bei Heteropärchen alles einfacher, fragte sich Korbinian, während er die Gabel um die Spaghetti drehte. Ein Paar tanzte aus der Reihe und vereinnahmte Joachim. Sie bestätigten laufend seine unglaublich wertvolle Arbeit, die er während der letzten Tage geleistet hatte.

Joachim.

Alle himmelten ihn an. Nur Korbinian nicht. Jedes Mal, wenn Joachim ihn ansah, drehte Korbinian schnell seinen Kopf in die andere Richtung. Es war ihm unangenehm. Als Seminarleiter hatte er bestimmt ein feines Gespür.

Vermutlich wusste er, dass Korbinians Herz gebrochen war und *Zusammenfinden* keinen Sinn hatte. Bei Janis und ihm. Denn alles war ruiniert und Korbinian musste sein Leben wohl neu ausrichten. In der jungfräulichen fünften Welt.

Diese fünfte Welt. Ein Humbug!

Oder doch nicht? Wenn die Geschichte mit Utes Großmutter tatsächlich stimmte…

Aber je mehr Zeit verging, umso mehr zweifelte er an Utes Geschichte. Sie hatte bestimmt nur geträumt.

Nach dem Essen wollte Korbinian Alfreds Auto zurückbringen, doch der Kumpel sprang wieder nicht an. So ließ er sich erneut auf die Couch fallen und wartete zwei weitere Stunden, bis Ute und Arne ihn zur Berghütte bringen würden, damit er alles einpacken und mit dem eigenen Auto heimfahren konnte. An Schlaf war nicht zu denken, denn er verstand noch immer nicht, warum Janis nicht ans Handy ging. Deshalb stand er auf, schlich nach oben ins Büro und tippte erneut Janis' Nummer ins Telefon ein. Wie bereits am Vormittag meldete sich die Mobilbox. Korbinian knallte den Hörer auf die Telefongabel und fluchte. Unten angekommen, blieb er vor dem Buchregal stehen. Weihnachtsbücher. In Hülle und Fülle. Die überflog er, denn Weihnachten verursachte momentan Bauchkrämpfe bei ihm. Was gab es denn am 24.12. großartig zu feiern? Dass Janis mit dem Adonis mehrmals in die Kiste gehüpft war und er nun Weihnachten allein feiern musste? Oder dass die Welt drei Tage davor doch nicht untergegangen war? Seine Augen blieben am

Buch mit dem Titel »*Der Mann mit den zwei Leben – Reisen außerhalb des Körpers*« haften. Er fischte es aus dem Regal und las sich die Beschreibung auf der Rückseite durch. Die faszinierenden Erlebnisse des Bewusstseinsforschers Robert A. Monroe weckten Korbinians Interesse. Er nahm das Buch mit auf die Couch, doch nach einer Seite schlief er bereits. In dem Moment, in dem er wieder wach wurde, setzte sich Joachim auf die Couch. Er lächelte Korbinian an. Ein wohlwollendes Lächeln. »Wie geht's dir?« Die grüne Kappe stand ihm gut, zweifellos. Überhaupt war er ein ansehnlicher Mann, der strahlte und schlank und wahrscheinlich um die fünfunddreißig war.

Korbinian gähnte, dann antwortete er: »Durchwachsen. Aber der Schlaf hat gutgetan.« Dann reckte und streckte er sich und setzte sich auf.

»Arne und Ute haben mir ein bisschen von dir erzählt. Ich kann mir vorstellen, dass es momentan nicht einfach für dich ist.«

Jetzt spielt Joachim den einfühlsamen Seminarleiter, dachte Korbinian. Wahrscheinlich wollte er ihn nur als Klienten gewinnen. Da Korbinian nicht recht wusste, was er darauf sagen sollte, zuckte er mit den Schultern und sah verlegen den Weihnachtsstern vor ihm an.

»Es gibt übrigens eine Planänderung. Ich werde dich zur Berghütte bringen.«

»Was? Warum? Was ist mit Ute und Arne?«

Joachim räusperte sich. »Die beiden sollten jetzt so lange wie möglich in der Seminarenergie bleiben. Und nicht abgelenkt werden.«

»Aber … ich kenne dich doch gar nicht. Und … und …«

»Ja?«

Es war nur ein *Ja*, aber Joachim sprach es so einfühlsam aus, dass Korbinian fast die Tränen kamen. »Und… es ist mir unangenehm«, gestand Korbinian.

»Ach. Wenn ich nicht wollte, hätte ich es dir nicht angeboten«, offenbarte Joachim und nestelte dabei am Weihnachtsstern herum. »Arne und Ute kommen gleich, um sich zu verabschieden, sie räumen nur noch ihr Zimmer. Magst du mir derweil im Seminarraum helfen, ein paar Dinge einzupacken?«

Korbinian blickte hoch, sah in Joachims Augen. Sie strahlten ihn an. Grau-blau. Kein Wunder, dass jeder den Allheilsbringer anhimmelte. Auch Korbinian war knapp davor, es zu tun.

Als sie fertig waren, die Musikanlage samt Boxen und Kabeln in die Schachteln einzupacken, grinsten Ute und Arne bei der Tür hinein. »Ich hoffe, du nimmst es uns nicht übel, dass wir dich nicht zurückbringen«, sagte Arne und fasste Korbinians linken Oberarm an.

»Nein, nein! Ihr habt sowieso viel zu viel für mich getan, anstatt euch ganz auf *Zusammenfinden* zu fokussieren«, erwiderte Korbinian, der die Haltung eines kleinen Jungen, der etwas angestellt hatte, einnahm.

»Und außerdem können wir Telefonnummern austauschen. Ich würde dich gerne wiedersehen, schließlich wohnen wir in derselben Stadt«, sagte Ute, die Korbinian in die Arme nahm. Sie drückten sich zum Abschied.

»Gerne!«, erwiderte er.

Joachim beobachtete die drei, umarmte anschließend das

Ehepaar und wünschte ihnen viel Glück für die Zukunft. Da sich Korbinian schwer von Ute und Arne trennen konnte, begleitete er sie bis zu ihrem Auto. Ohne Schneeketten wären sie nicht vorangekommen, was Korbinian das Liebste gewesen wäre. Er vermisste die beiden schon jetzt, denn in den letzten Stunden hatten sie ihm Sicherheit gegeben, waren auf eine Art und Weise wie Eltern für ihn gewesen. Eltern, die etwas von Fürsorge verstanden, nicht so wie seine leiblichen Eltern, die nur ihr Schmuckgeschäft im Kopf hatten.

»Magst du noch einen Kaffee trinken, bevor wir losfahren?«, fragte Joachim, als Korbinian ins Seminarhaus zurückkam. Außer ihnen war niemand mehr da.

»Gerne!«

Joachim. Auch so ein fürsorglicher Mensch. Wäre Korbinian nicht in dieser verzwickten Lage mit Janis, könnte er sich vorstellen, sich in Joachim zu verlieben. In diese strahlend blaugrauen Augen, die allen Schmerz wegzauberten. In diese kleine zierliche Nase, die das Herz erweichte. In dieses kantige Gesicht, das genau zeigte, woran man bei ihm war.

Sie setzten sich an den Esstisch. Joachim stellte eine geöffnete Packung Dragee-Keksi hin. »Iss nur«, bot er Korbinian an. Sie schlürften an ihren Tassen und knabberten an den hellen und dunklen Dragee-Keksi, dabei begann Joachim vorsichtig Korbinian auszufragen. Als Seminarleiter wusste er, in welchem Ton er das tun musste, damit er auch Antworten bekam. Korbinian vertraute sich Joachim an und erzählte ihm alles. Seine Ausführungen trafen auf empfangsbereite Ohren. Joachim nickte und fragte nach. Als sie den Kaffee ausgetrunken hatten und die Packung Dragee-Keksi leer war, schien Joachim Korbinians Situation klar zu sein. Er sagte mehrmals: »Ich verstehe.«

Ob der hochgelobte Seminarleiter tatsächlich alles verstand oder nicht, war egal, denn Korbinian hatte das Gefühl, dass Joachim sich in ihn hineinfühlen konnte. Noch um einige Nuancen besser, als Uschi es tat, was vermutlich an seinem Job lag.

»Lass uns zur Berghütte fahren, ich helfe dir beim Packen.« Nein, das musst du nicht. Das schaffe ich alleine«, erwiderte Korbinian blitzartig.

»Wie du magst.« Joachim lächelte ihn an. Wieder dieses wohlwollende Lächeln. Erst jetzt fiel Korbinian auf, dass er blitzweiße Zähne wie aus der Zahnpasta-Werbung hatte.

Kurz darauf saßen sie im Auto, dessen Reifen ebenso mit Schneeketten ausgestattet waren.

»Wie bist du um diese Jahreszeit auf die Idee gekommen, ein Seminar hier oben anzubieten?«, fragte Korbinian, der zu Joachim äugte.

»Es ist mein Haus. Und ich liebe es, wenn kurz vor Weihnachten Paare, die sich auseinandergelebt haben, sich wieder näherkommen.«

»Und zusammenfinden«, ergänzte Korbinian den Seminarleiter stolz.

Joachim kicherte. »Genau!«

»Für das Haus beneide ich dich ehrlich gesagt. So eines hätte ich auch gerne«, schwärmte Korbinian, der weiterhin zu Joachim linste. Auch vom Profil her sah seine zierliche Nase entzückend aus.

»Du musst nur daran glauben. Und auch etwas dafür tun. Dann klappt es bestimmt.«

»Einfacher gesagt als getan«, sagte Korbinian.

»Ach! Fokussiere dich einfach auf dein Ziel und überlege dir, welche Schritte es braucht, um deinen Wunsch zu erreichen.«

»Nun spricht der Seminarleiter aus dir, oder?« Korbinian schätzte Joachim zunehmend, da dieser seine Worte, ohne sich aufzuplustern, äußerte; sie kamen ihm ganz natürlich über die Lippen.

»Nein, ich spreche als Mensch, der diese einfache Methode leider in seinem privaten Leben zu oft vergisst. Aber bei dem Seminarhaus hat es gut funktioniert«, meinte Joachim, der den Kopf zu Korbinian drehte und ihm zuzwinkerte. Er bog in die Nebenstraße ab, die zu Luis' Haus führte. Korbinian fühlte sich unbehaglich dabei, Alfred mitzuteilen, dass er seinen Kumpel nicht zurückbringen konnte, da dieser nicht angesprungen war und auch Joachims Starthilfe nichts genutzt hatte. »Ich werde gleich den ÖAMTC kontaktieren«, antwortete Alfred gelassen und ließ sich von Joachim den Weg zum Seminarhaus beschreiben.

Dann setzten Joachim und Korbinian ihre Fahrt fort. Als sie schließlich die Berghütte erreichten, in der Korbinian und Janis ein paar gemütliche Tage verbringen wollten, stellten sie fest, dass kein Auto mehr da war. »Janis spinnt jetzt komplett«, schimpfte Korbinian.

»Dann werde ich dich nach Hause bringen. Und keine Widerrede, ich helfe dir beim Packen«, beharrte Joachim darauf, als er einparkte.

Auch alle Sachen von Janis fehlten. »Ich bin sprachlos«, murmelte Korbinian, der sich hinsetzen musste. Dass Janis so radikal gehandelt hatte, ließ ihn erstarren.

»Das muss ein Schock für dich sein«, äußerte sich Joachim, der den Herd ansteuerte, um Tee zuzubereiten. Als er fertig war, stellte er die Tasse vor Korbinian ab und sagte: »Trink! Ich beginne mal mit dem Einpacken.« Joachim legte Korbinian eine Hand auf die Schulter.

Sie fühlte sich gut an. Joachims Hand. Ein angenehm kräftiger Druck, der zu schnell ein Ende fand, als Joachim nach oben ging. Während Korbinian den Kräutertee schlürfte, sammelte er sich wieder. Schließlich schleppte er sich nach oben. »Hast du einen Tipp für mich in dieser Situation?«, fragte Korbinian, während er seine T-Shirts in die Tasche legte. »Als Seminarleiter meine ich.«

»Mmhhh, was fühlst du momentan?«, fragte Joachim, der sich aufs Bett setzte. Sein Blick fiel auf die Räucherstäbchenhalterung mit den acht goldenen Sternen.

»Pffff. Ich bin enttäuscht und fassungslos. Und komischerweise bin ich mehr wütend als traurig. Wäre Janis jetzt hier, würde ich ihn niederbrüllen.«

»Dann hätte ich einen Tipp für dich. Aber erst, wenn wir losfahren, okay?«

Korbinian nickte. Nach ein paar Minuten, als er alle Sachen in seiner Tasche verstaut hatte, machte er einen Kontrollgang, ob er auch nichts vergessen hatte. Dann sperrte er die Tür ab, warf den Schlüssel in den Postkasten und die Tasche in den Kofferraum.

»Bist du noch wütend?«, fragte Joachim, während er gegen das Auto gelehnt war.

»Ja, aber weniger als vorhin«, antwortete Korbinian.

»Wenn du Lust hast, können wir gemeinsam die Wut rausschreien. Das wäre mein Tipp, der dir bestimmt hilft.«

»Was? Das kann ich nicht. Und schon gar nicht vor einem fremden Menschen.«

Joachim lächelte Korbinian an. Seine schneeweißen Zähne blitzten erneut hervor. »Nachdem wir geschrien haben, bin ich dir sicher vertrauter.«

Flirtet er jetzt?, rätselte Korbinian, der ein Kribbeln im Magen spürte. Es war angenehm und aufregend zugleich. Eine Gefühlsachterbahn, die ihn seit Stunden durchrüttelte.

Joachim schrie. Der Schrei ließ Korbinian zusammenzucken, dann lachte er.

»Was gibt's da zu lachen?«, fragte Joachim mit ernster Stimme. »Janis hat dich mit einem 22-Jährigen betrogen. Es verheimlicht. Ja?«

Korbinian nickte.

»Und als du gestern draufgekommen bist, ist er davongerannt, dieser Feigling. Du machst dir stundenlang Sorgen. Er ignoriert deine Anrufe, fährt mit eurem Auto davon und lässt dich allein in den Bergen zurück. Ja?«

»Ja, verdammt. Das weißt du doch«, fauchte Korbinian.

Joachim schrie erneut, doch Korbinian konnte er dazu nicht animieren. »Und das lässt du dir alles gefallen, du Pfeife?«, provozierte Joachim ihn nun.

»Nenn' mich nicht Pfeife! Du kennst mich nicht.«

Korbinians Stimme wurde feindseliger. Er rümpfte seine Nase. Sein Gesicht wurde roter.

»Aber du bist eine Pfeife!« Joachim bückte sich, fuhr mit den Händen durch den Schnee, formte einen Schneeball, den er zu Korbinian hinschleuderte. »Pfeife!«

Nun schrie Korbinian. Endlich. Lange und befreiend. Weitere Schneebälle trafen Korbinian, bis er sich wehrte. Es begann eine Schneeballschlacht zwischen ihnen. »Du Arschloch!« Mit jedem Wurf entlud Korbinian seine innere Wut, bis er sich schließlich erschöpft zu Boden fallen ließ. Zusammengekauert saß er da und begann zu schluchzen. Joachim gesellte sich zu ihm nach unten und legte ihm eine Hand auf die Schulter. Wieder fühlte sich die Hand angenehm an.

»Janis hat mir den Boden unter den Füßen weggezogen.«

»Ich weiß. Aber du hast endlich deinen Gefühlen freien Lauf gelassen.«

»Es hat gutgetan. Danke dir.« Korbinian sah Joachim an.

»Dank dir selbst«, sagte Joachim, der den Blick erwiderte. »Und sei stolz auf dich!«

»Wie denn? Ich bin doch eine Pfeife«, äffte Korbinian Joachim nach und schmunzelte dabei.

»Das bist du natürlich nicht. Ich wollte dich nur provozieren. Falls es dich verletzt –«

»Ich weiß. Danke«, schnitt Korbinian ihm das Wort ab.

Joachim fuhr mit seinem rechten Zeigefinger zu Korbinians Gesicht hin und wischte ihm die Tränen unter den Augen weg. Sanft. Es war ein intimer, tröstlicher Moment, der für Korbinian eigentlich unangenehm hätte sein müssen, es aber nicht war.

»Du bist ein toller Mann. Ich hoffe, du weißt das«, sagte Joachim, als er sich erhob. »Und jetzt lass uns losfahren, damit wir bei Anbruch der Dunkelheit den Berg hinter uns gelassen haben.«

Die Fahrt verlief ruhig. Joachim fragte und erzählte nicht viel; Korbinian war in sich gekehrt. Er versuchte, die Geschehnisse der letzten vierundzwanzig Stunden zu sortieren. Während der ganzen Autofahrt zeigte sich das Wetter von seiner angenehmen Seite, es war kaum vorstellbar, dass gestern ein Schneesturm gewütet hatte. Weihnachtslieder klangen aus den Boxen. *All I Want For Christmas Is You*. Janis' Lieblingssong zu Weihnachten. Korbinian fand das Geschrei von Mariah Carey eher mühsam, trotzdem hatte er sich meistens von Janis dazu hinreißen lassen, zu diesem Lied mit ihm zu tanzen. Vor allem bei den Weihnachtsfeiern von Janis' Firma. Sobald das Lied zu Ende gewesen war, hatte Janis Korbinian geküsst. Minutenlang. Vor Kollegen. Kolleginnen. Und seinen Chefs. Doch das war beiden egal gewesen, ob sie begafft wurden oder nicht. Sie hatten weiter geküsst. Wahrscheinlich waren das die leidenschaftlichsten und aufregendsten Küsse zwischen ihnen gewesen – jedes Jahr aufs Neue.

»Laut Navi müssten wir bald da sein«, unterbrach Joachim Korbinians Gedanken.

»Ja, stimmt. Ich kann dir den Rest des Weges ansagen.«

Joachim nickte und schaltete das Gerät aus. Als sie vor dem Wohnhaus stehenblieben, sagte er: »Ich begleite dich nach oben.«

»Wir wohnen im Erdgeschoss.« Korbinian zuckte mit den Schultern. »Und es ist keine gute Idee… falls Janis zu Hause ist. Wie soll ich erklären, wer du bist?«

»Hast du vergessen, was er gemacht hat?«, erinnerte Joachim ihn. »Jemand musste dich doch nach Hause bringen, oder?«

Pfeife, dachte Korbinian und zog seine Mundwinkel nach unten. »Du hast recht, komm mit.« In dem Moment vibrierte Korbinians Handy. Es war eine Nachricht von Janis.

Lass mich in Ruhe!

Er sprach die Worte laut aus, anschließend schüttelten beide den Kopf. Korbinian drückte seine Zunge gegen die Zahnlücke, so fest, als wollte er beide Zähne auseinandersprengen. Derweil hob Joachim seine grüne Kappe hoch, strich sich über die kurzgeschorenen Haare und setzte sie anschließend wieder auf. In diesem kurzen Moment bemerkte Korbinian Geheimratsecken, die Joachim jedoch nicht weniger attraktiv machten. »Bist du verheiratet?«, fragte er und konzentrierte sich auf Joachims zierliche Nase.

»So eine Frage in dieser Situation«, stellte Joachim irritiert fest.

Reaktionslos wartete Korbinian auf die Antwort seiner Frage.

»Nein, ich bin glücklicher Single. Und ich stehe auf Männer«, outete sich Joachim.

Korbinian freute sich, dass er mit seiner Vermutung richtig gelegen war. »Als Single bleibt dir zumindest so ein Zirkus erspart. Ich hätte wieder Lust auf Schreien.«

»Das ist schwierig hier, mitten in der Stadt. Gehen wir mal rauf. Ein Kaffee wäre toll.«

»Erdgeschoss!« erinnerte Korbinian Joachim und zwinkerte ihn an.

Als er die Wohnung aufsperrte, hatte Korbinian einen trockenen Mund. Wie sollte er reagieren, wenn Janis da war? Und wie würde Janis reagieren, wenn er Joachim sah? Doch diese Fragen waren irrelevant, denn Janis war nicht zu Hause. Der Kleiderschrank im Schlafzimmer stand offen. Jede Menge Jeans, T-Shirts und Pullover fehlten. Korbinian knallte die Schranktür zu. »Arschloch!«, fluchte er und setzte sich aufs Bett. »Wieso macht er das? Normalerweise müsste ich vor ihm flüchten und ihm schreiben, dass er mich in Ruhe lassen soll.«

Joachim setzte sich neben Korbinian hin und legte ihm eine Hand auf den rechten Oberschenkel. »Dann sei keine Pfeife und mach das«, ermutigte er ihn. »Wenn du es reinfrisst, tust du deinem Körper nichts Gutes.«

Korbinian fischte sein Handy aus der Hosentasche und antwortete auf Janis' SMS, dabei sprach er sein Geschriebenes laut aus: »Keine Angst, ich lass dich in Ruhe! Schließlich hast du mich belogen und betrogen. Wann holst du endlich deine restlichen Sachen ab?« Dass Joachims Hand weiterhin auf seinem Bein lag, störte Korbinian nicht.

»Das ist lieb formuliert. Aber immerhin. Wie geht's dir jetzt?«

»Ich weiß nicht, ich fühle gar nichts, bin nur enttäuscht«, antwortete Korbinian.

»Meine Schwester veranstaltet heute eine Wichtelfeier. Das würde dich ablenken. Komm doch mit«, schlug Joachim vor und nahm seine Hand zu sich zurück.

»Du willst ja nur mit mir in die Kiste springen«, erwiderte Korbinian.

»Aber das sind wir doch schon.« Joachim klopfte mit den Händen aufs Bett, zeigte seine Zunge und erhob sich von der *Kiste*. »Ich fahre jetzt. Wenn du mitkommen magst, freue ich mich.«

Der Gedanke, den Abend allein zu verbringen, schmeckte Korbinian nicht und löste ein flaues Gefühl im Magen aus. Und Uschi war mit ihrem Lover das ganze Wochenende in der Therme. »Ich dusche mich schnell und zieh mir was Frisches an, okay?«

»Klaro, ich warte auf dich. In deiner Kiste.« Joachim setzte sich wieder hin und ließ sich nach hinten fallen. Dabei seufzte er.

Auch wenn es sehr verlockend und verführerisch war, sich neben Joachim zu legen, erhob sich Korbinian.

Die Wichtelfeier von Liane, Joachims Schwester, war langweilig. Überall, wo Korbinian hinsah, unterhielten sich Pärchen miteinander. Außer Joachim und ihm schienen alle glücklich verliebt zu sein. Mariah plärrte mehrmals *All I Want For Christmas Is You* aus den Lautsprechern, was Korbinians Unmut verstärkte. Und Joachim unterhielt sich mit seiner Schwester, seinem Schwager und anderen Freunden, also mit allen, nur nicht mit ihm. Als auch noch *Last Christmas* zu spielen begann und Liane Wichtelmützen aus einer Lade hervorzauberte, reichte es Korbinian endgültig. Er ging zu Joachim und verabschiedete sich.

»Jetzt willst du schon gehen?« Er mampfte an einem Weihnachtskeks. Ein Linzer Auge.

»Ja. Ich bin müde«, log Korbinian.

»Es tut mir leid, dass ich mich so wenig um dich gekümmert habe«, entschuldigte sich Joachim. »Ich komme mit.«

»Nein«, antwortete Korbinian und schüttelte den Kopf. »Es ist zu früh. Ich kann mich noch nicht –«

»Ich komme mit, damit du nicht allein bist und nicht, um mit dir in die Kiste zu springen. Versprochen. Und wenn wir zu mir fahren, habe ich sogar eine kleine Überraschung für dich. Okay?«

Joachim brachte Korbinian ins Strudeln. Warum kamen die tollsten Männer zu den ungünstigsten Zeitpunkten daher geschneit? Er wollte allein sein, gleichzeitig löste der Gedanke ans Alleinsein, wie vorhin schon, ein Unbehagen aus. »Es ist schon spät.«

»Na und? Dann schläfst du halt bei mir. Meine Kiste ist groß genug, dass wir uns nicht in die Quere kommen. Und ich hab' auch eine Couch, die sich als Bett gut eignet.« Joachim schnappte sich ein weiteres Weihnachtskeks, eines mit Sternform. *Jeder Stern, den du siehst, bringt dir Glück. Und wenn du großes Glück hast, geschieht ein Wunder*.

Vielleicht hatte der Himmel einen Engel geschickt. In Form von Joachim. Aber zeitlich passte das nicht zusammen. Und doch war der Gedanke, bei Joachim zu übernachten, erhebend, gleichzeitig fand er das absurd. Auf welcher Odyssee befand er sich da nur, die bereits länger als einen Tag anhielt? »Glaubst du, dass die Welt in sechs Tagen untergeht?«, fragte Korbinian völlig aus dem Zusammenhang gerissen.

»Hä?« Joachim schaute ihn verdutzt an. Dann verstand er. »Ah, du meinst wegen dem Maya-Kalender?«

Korbinian nickte, als er an Sarah denken musste. In Gedanken hörte er sie korrigieren: »Es heißt wegen des Maya-Kalenders.«

»Nein, daran glaube ich nicht. Ich bin überzeugt, dass die Welt erst dann so richtig zauberhaft werden wird«, meinte Joachim und schnappte sich ein weiteres Sternenkeks.

»Du etwa?«

»Nein«, reagierte Korbinian schnell. Also war Joachim ein Anhänger der Fünften-Welt-Theorie. »Aber … wer weiß?« Falls tatsächlich die letzten sechs Tage von Mama Gaia angebrochen waren, wollte er nicht zu Hause Trübsal blasen. Und schon gar nicht allein. »Ich komm mit!«

»Da zeigt jemand Einsicht. Schön.«

SONNTAG

16. DEZEMBER 2012

Joachim wohnte fünfzehn Minuten mit dem Auto westlich von Wien entfernt. In einem Haus, wo sie kurz nach Mitternacht ankamen.

»Du hast noch ein Haus? Besser gesagt, eine Villa. Dir gelingt das Fokussieren auf Ziele ja wirklich.« Korbinian bestaunte Joachims Anwesen. Es sah fast wie eine kleine Burg aus, an jeder Ecke ein Erker mit einem kleinen Türmchen drauf. Rundherum verziert mit Bäumen und Sträuchern, auf denen gelbe, rote, grüne und blaue Lichter strahlten.

»Erbe von meiner Tante. Sie hatte keine Kinder. Und ist früh gestorben«, klärte Joachim ihn auf.

»Aha, und deine Schwester ging leer aus?«

»Die hat ein Waldgrundstück geerbt, wie mein Bruder.«

»Du hast auch einen Bruder?«

»Ja. Der lebt mit seiner Frau und seinen drei Kindern in Amerika. Hast du noch Geschwister?«

»Ja, einen älteren Bruder. Er wohnt auch in den USA. In Chicago. Und dein Bruder?«

»In Portland«, erwiderte Joachim, als er das Gartentor öffnete. Der Schneesturm hatte auch die Umgebung von Wien nicht verschont. Obwohl Joachim mehrere Tage weg war, war der Weg zum Haus freigeschaufelt. Schneebehangen waren hingegen die Sträucher, an denen sie vorbeigingen. Als er das Haus betrat, bestaunte Korbinian das untere Geschoss. Ein riesiger, offener Raum mit vier Säulen, die hellgelb angestrichen waren. Sofort stach ihm eine Seltsamkeit ins Auge – ein Billardtisch, der gleich rechts neben dem Eingang beim Garderobenbereich stand. Dahinter waren ein Kaminofen, eine graue Stoffcouch – auf der er vermutlich schlafen würde – und ein Glastisch. In der linken Hälfte befand sich ein moderner Küchenblock mit Essbereich. Vor den Säulen standen mehrere Goldfruchtpalmen und Glückskastanien. Benjamina Ficus war keiner dabei. Alles in allem wirkte der Raum für seine Größe übersichtlich und heimelig.

»Willkommen!«, sagte Joachim und strahlte, sichtbar stolz auf sein Heim. »Was magst du trinken? Wodka? Cognac? Oder ein Gläschen Wein?«

Korbinian entschied sich für Wodka.

»Mach's dir doch schon auf der Couch bequem. Oder willst du lieber eine Runde Billard spielen?«

»Billard wäre lustig. Habe ich schon lange nicht mehr gespielt.« Auf der Couch kämen sie womöglich noch auf blöde Gedanken, obwohl es nach dem Reinfall mit Janis gar nicht so dumm wäre.

Joachim stellte die beiden Getränke auf den Rand des Billardtisches und schaltete Musik ein. *Christmas Lights* von Coldplay. Nach einer halben Stunde hatte Joachim dreimal gewonnen, was egal war, denn beide hatten Spaß gehabt und Korbinian hatte sich von Janis ablenken können.

»Und dieser ganze Palast gehört dir allein?«, fragte Korbinian, als er den Queue auf den Billardtisch legte.

»Ja, genau die richtige Größe für mich.« Joachim grinste. »Ich bin auch wirklich gern allein. Apropos Palast. Du kennst noch gar nicht den oberen Stock und den Garten. Ich habe dir doch eine Überraschung versprochen.« Er grinste und deutete Korbinian, ihm zu folgen.

Sie schlüpften in ihre Schuhe, zogen sich die Jacken an und gingen ums Haus herum. Der Schnee knirschte unter ihren Füßen, während Korbinian Fußspuren bemerkte und er über deren Herkunft nachdachte. Auch verwirrte ihn, warum der Weg zum Haus freigeschaufelt war, obwohl Joachim allein lebte. Doch er beschloss, nicht nachzufragen. Hinter dem Haus lag eine Fläche mit mehreren Bäumen vor ihnen. Kirsch- und Walnussbäume. Sie durchquerten den Garten, bis sie schließlich den Waldrand erreichten. Er war abgezäunt. Joachim öffnete ein hölzernes Tor.

»Du bist auch Waldbesitzer«, stellte Korbinian mit hochgezogenen Augenbrauen fest.

»Ist nur ein kleines Wäldchen, das zum Grundstück dazugehört«, klärte Joachim ihn auf und verschwand zwischen den verschneiten Tannen und Fichten. Korbinian folgte ihm. Nach wenigen Schritten tauchte zwischen den Nadelbäumen eine Holzhütte auf. Joachim öffnete die Tür und drückte im Inneren auf einen Schalter. Daraufhin beleuchteten mehrere Lichterketten einen Platz, links von der Hütte, der frei von Bäumen war. Es sah romantisch aus. Wie im Märchen.

»Überraschung!« Joachim strahlte im ganzen Gesicht. »Lass uns eine Runde eislaufen. Drinnen gibt es Schuhe.«

Korbinian brachte kein Wort heraus, er staunte nur und ging in die Hütte hinein.

»Meine Haushälterin hat die Eisfläche freigemacht.«

Damit war das Rätsel um die Fußspuren im Schnee gelöst.

»Such dir deine Größe aus«, forderte Joachim, der schon in den Schlittschuhen steckte, Korbinian auf und zog die Schnallen fest.

Kurz darauf liefen sie auf dem zugefrorenen Teich, in dem sich Joachim im Sommer gerne abkühlte. Die Luft war eisig. Ihr Atem dampfte in der Luft. Obwohl Korbinian schon drei Jahre nicht mehr eisgelaufen war, glitt er elegant über die Eisfläche. Joachim sowieso. Sie fuhren nebeneinander, als Korbinian fragte: »Sehnst du dich gar nicht danach, diesen fantastischen Ort mit jemandem zu teilen?«

»Eigentlich nicht. Wie gesagt, ich bin gern alleine. Und Beziehungen funktionieren sowieso nicht, langfristig gesehen.«

»Hä? Aber warum bietest du dann *Zusammenfinden* an, wenn du selbst nicht –«

»Weil die meisten Menschen nicht alleine sein können, können nichts mit sich anfangen. Hocken nur vor der Glotze und starren in ihre Handys, anstatt zu leben. Sie fürchten sich vor der Einsamkeit, scheuen das Alleinsein wie eine tödliche Krankheit.«

»So wie du eine Partnerschaft scheust?«

Joachim lachte auf, sagte aber nichts dazu. Dieser Satz musste ihn getroffen haben.

»Ich wollte dir nicht zu nahetreten. Es tut mir leid«, entschuldigte sich Korbinian.

Joachim winkte mit einer Hand ab. Schon gut, sollte es bedeuten, ehe er fortsetzte: »Und wenn die meisten Leute schon nicht alleine sein können, sollen sie es wenigstens zu zweit schön haben. Und *Zusammenfinden* setzt sich viel mit dem Alleinsein auseinander, denn wer mit sich selbst was anfangen kann, hat einen höheren Selbstwert und wird somit glücklicher. Und das führt wiederum dazu, dass sich die Chance auf eine stabilere Partnerschaft immens vergrößert. Bricht mal eine Krise aus, geht nicht sofort die ganze Welt unter.«

So wie bei mir jetzt, dachte Korbinian, der sich ertappt fühlte. Hatte er in den letzten drei Jahren zu wenig auf sich geschaut? Hatte er Janis zuliebe, die eigenen Bedürfnisse in den Hintergrund gerückt? Sein Bauchgefühl deutete auf ein *Ja* hin. Aber auch Janis hatte ihm zuliebe zurückgesteckt, war mit dem Wochenendtrip in der Berghütte einverstanden gewesen, zwar mit Widerstand, aber er war mitgefahren. »Es ist doch normal, dass man in einer Beziehung auch auf Sachen verzichtet und Kompromisse eingeht«, verteidigte sich

Korbinian. Mit jeder Minute, die er auf dem Eis dahinglitt, wuchs sein Gefühl der Sicherheit, während sich innerlich eine wachsende Unsicherheit ausbreitete – wie ein Riss, der sich langsam auf einer Eisfläche ausdehnt.

»Genau das versuche ich den Paaren bewusst zu machen. Diese Balance zwischen Allein-sein und Zusammen-sein achtsam zu leben. Mit ruhigem Gewissen etwas ganz für sich unternehmen zu können und gleichzeitig mit Freude gemeinsam Dinge zu erleben.«

»Eine große Herausforderung«, behauptete Korbinian mit einem Seufzen.

»Genau deshalb will ich Paare dabei unterstützen. Gehen wir wieder ins Warme rein.«

Während Joachim etwas zu trinken holte, schlich Korbinian im oberen Stockwerk umher. Ein großer Raum, wie unten. Ebenso mit Goldfruchtpalmen und Glückskastanien vor den Säulen. Nur das Badezimmer bildete eine Ausnahme, es war ein abgetrennter Bereich. Um ein Haar dachte Korbinian, dass er im unteren Stockwerk sei, doch anstelle des Küchenblocks war ein Arbeitsplatz mit schwarzem Schreibtisch, Drehstuhl sowie Laptop und zwei Bildschirmen eingerichtet. Statt des Billardtisches glänzte ein Klavier. Und dort, wo unten die Couch stand, befand sich oben die *Kiste*. Wie versprochen, war sie tatsächlich riesig, um sich nicht in die Quere zu kommen, wenn man nicht wollte. Als Korbinian vor dem schwarzen Flügel stand und eine weiße Taste anspielte, erschien Joachim mit zwei Sektgläsern in der Hand. »Kannst du Klavier spielen?«

Korbinian schüttelte seinen Kopf und nahm sein Glas entgegen.

»Prost!«, sagten beide gleichzeitig und kosteten den Schaumwein.

»Machen wir es uns bequem«, schlug Joachim vor und deutete zum Bett hin. Dann begann er mehrere Kerzen im Raum anzuzünden. »Ich hoffe, es ist groß genug für dich.«

»Ja! Es ist echt riesig.« Als sich Korbinian daraufsetzte, gab es nach.

»Ein Wasserbett«, informierte Joachim ihn mit einem Grinsen im Gesicht. Er schaltete das Licht ab, nahm seine Kappe vom Kopf und legte sie auf das Nachtkästchen. Kurz darauf saßen sie nebeneinander, angelehnt an das Kopfteil, das grau ausgepolstert war.

»Du lebst also wirklich gern allein?«, fragte Korbinian und drehte seinen Kopf zu Joachim hin. Die grau-blauen Augen blitzten ihm entgegen.

»Du wohl nicht?«, stellte Joachim ihm die Gegenfrage und kratzte sich mit der freien Hand am Kopf.

»Keine Ahnung! Ich war doch drei Jahre lang mit Janis zusammen«, erwiderte Korbinian. Ein weiterer Schluck Sekt floss in seine Kehle.

»Es klingt so, als ob du die Beziehung ad acta gelegt hättest.«

»Alles andere wäre wohl vergebene Liebesmüh'.«

Joachim pirschte sich an Korbinian ran. »Es tut mir leid.«

»Versuchst du mich nun flachzulegen?«, fragte Korbinian, nachdem er das Sektglas leergetrunken hatte.

»Soll ich?« Joachim näherte sich. So nah, dass ihre Lippen nur noch wenige Zentimeter voneinander entfernt waren.

»Stellst du immer eine Gegenfrage, anstatt zu antworten, Herr Seminarleiter?« Korbinian erwiderte den Augenkontakt – er bewegte sich nicht vom Fleck.

»Du hast mich erwischt«, gab Joachim zu, der nun eine Unsicherheit ausstrahlte. Er wagte es nicht, Korbinian zu küssen, obwohl sich ihr Blick vertiefte. Jeder erkannte in den Augen des anderen nicht nur Lust, sondern auch eine Verletzung – die frische von Korbinian, und eine lang geschehene von Joachim.

»Sollte allerdings die Welt tatsächlich in fünf Tagen untergehen, hätte ich nichts dagegen, wenn du mich …«, gestand Korbinian.

Stille. Beide hielten den Atem an. Die einzige Bewegung im Raum war das flackernde Kerzenlicht. Dann schnappte Joachim nach Luft und berührte mit seiner Nase Korbinians Wange.

Diese zierliche Nase, dachte Korbinian, fühlte sich gut an »Aber …«

»Schsch«, erwiderte Joachim. Nur noch Millimeter fehlten für ihren ersten Kuss.

»Aber die Welt«, sagte Korbinian und drückte Joachim weg, »geht nicht in fünf Tagen unter. Sie beginnt sich nur zu transformieren. Und die neue fünfte Welt beginnt.«

Joachim sah ihn mit großen Augen an. Daraufhin musste Korbinian laut auflachen. Joachim lachte mit und startete einen weiteren Versuch, Korbinian kleinzukriegen. Mit einem Kompliment. »Deine Zahnlücke finde ich sexy.«

»Und ich deine Nase. So zierlich. So süß. Aber ich kann nicht. Nicht heute!«

»Aber wenn tatsächlich am 21. Dezember die Welt untergeht, vergeigst du heute vielleicht deine letzte Chance auf guten Sex.«

»Ein hartnäckiger Seminarleiter. Mich würde ja interessieren, wer dich so verletzt hat, dass du keine Beziehung eingehst?«

»Nun hast du endgültig die romantische Stimmung ruiniert«, klagte Joachim. Er entfernte sich von Korbinian und lehnte sich an das graue Kopfpolsterteil. Das Bett schwappte. »Willst du das wirklich wissen?«

Korbinian nickte.

»Okay. Aber vorher hol' ich uns noch Sekt.«

Wäre ich nur nach Hause gefahren, dachte Korbinian, als Joachim nach unten verschwand. Ich hätte uns beiden diese Peinlichkeit im Bett ersparen können.

Und doch lösten die letzten Stunden ein wohliges Gefühl in Korbinians Körper aus. Das Billardspielen. Eislaufen unter romantischen Lichtern. Die knisternde Stimmung in der *Kiste*, wenn er den peinlichen Moment ausklammerte. Sogar die befreienden Schreie im Schnee waren rückblickend großartig gewesen.

Ob Janis auch eine zufriedene Zeit verbrachte? Mit Milosz? Beim Gedanken an die beiden erinnerte er sich an sein erstes Weihnachten bei Familie Blumenau. Alle Geschenke für Janis hatten, wie auch die Jahre danach, mit exorbitanten Preisen geprahlt, allen voran der Anzug von Gucci und die dazu passende Sonnenbrille. Geizig hingegen zeigte sich Frau Blumenau, wenn es um die Geschenke ihres Schwiegersohns ging – beim ersten und bei allen weiteren Weihnachtsfesten. Sie funkelte jedes Jahr aufs Neue wie ein Weihnachtsbaum, wenn sie in ihrem goldenen Kleid und der Perlenkette und den Hals Korbinian ein kleines Paket mit aufgesetztem Lächeln überreichte - drei Hemden und drei Krawatten, aber nicht von Gucci! Das bedeutete: Wenn du schon mit den Blumenaus feierst, kleide dich gefälligst angemessen! Seine Jeans waren zwar zu Weihnachten nicht zerrissen, aber es war kein Anzug, und sein weißes T-Shirt war kein Hemd. Wie konnte er nur, der Friseurjunge? Statt ihm bei der Begrüßung freundlich in die Augen zu blicken, musterte sie seine Klamotten von oben bis unten. Mit Abscheu! Korbinian empfand Genugtuung, während Janis sich daneben schämte. Sämtliche Überredungskünste, eine Stoffhose und ein Hemd anzuziehen, waren an Korbinian abgeprallt. Es war ihm wichtig, dass Janis von Anfang an verstand, dass er sich nicht für seine Schwiegermutter verändern würde. Von Familienfest zu Familienfest begriff Janis dies langsam. Frau Blumenau hingegen hatte bis zuletzt versucht, ihren Schwiegersohn dazu zu bringen, sich herauszuputzen, denn schließlich machen Kleider Leute.

Auf keinen Fall würde Korbinian diese Frau vermissen. Und doch saß er erneut inmitten von Pomp und Gloria. In Joachims Villa. Warum zog er ständig Vermögende in sein Leben?

»Bin wieder da«, hörte er Joachim rufen, als dieser die Treppe hochlief und pfiff. Er trug ein Tablett mit einer Sektflasche, zwei Gläsern und einer Packung Dragee-Keksi. Dass er jetzt fröhlich wirkte, irritierte Korbinian, denn vor wenigen Minuten war Joachims Stimmung nahe dem Gefrierpunkt gewesen.

Sie stießen mit dem Sekt an, dann räusperte sich Korbinian und fragte: »Willst du mir deine Geschichte wirklich erzählen?«

»Willst du sie wirklich hören?«, erwiderte Joachim und nippte weiter an seinem Sektglas.

Schon wieder eine Gegenfrage, dachte Korbinian und antwortete mit »Ja!«, denn er wollte wissen, was oder wer Joachim verletzt hatte.

»Aber sie ist nicht so schön.«

»Ich halte das aus.«

»Magst du Dragee-Keksi?«

Korbinian fuhr in die Packung und nahm sich ein paar Stück heraus.

»Ich war sechs Jahre alt ...« Endlich begann Joachim zu erzählen. Sein Blick war leidend, obwohl mittlerweile mehr als zwanzig Jahre vergangen waren. »... Als meine Mama an Krebs gestorben ist. Sie war mein Ein und Alles. Und ich ihr Sonnenschein. Mein Vater war mit der Situation überfordert und meine älteren Geschwister waren nicht an ihrem kleinen Bruder interessiert. Ich bin ein Nachzügler, musst du wissen. Meine Tante, die Schwester meiner Mutter, hat mich meist zu sich genommen. Sie hat mich getröstet, sie war für mich da, als der Verlust meiner Mama ein tiefes Loch in meinem damals noch jungen Leben hinterlassen hatte. Und neun Jahre später ist Tante Claudia gestorben. Auch Krebs.«

»Uff. Tut mir leid«, nuschelte Korbinian und legte eine Hand auf Joachims Schulter.

»Ich will nicht, dass mir noch eine Person, die mir am Herzen liegt, entrissen wird.« Joachim biss an seiner Unterlippe herum. Dann fischte er weitere Dragee-Keksi aus der Packung heraus und knabberte daran.

Korbinian fühlte sich unbeholfen, sagte nur: »Versteh ich. Mir würde es an deiner Stelle wahrscheinlich gleich gehen.«

»Weißt du, ich habe schon mit Psychotherapeuten gesprochen, Familienaufstellungen gemacht und trotzdem fällt es mir schwer, mich zu öffnen. Mehr als ein One-Night-Stand ist nicht drinnen. Nur selten lass ich mich auf eine zweite oder dritte Nacht ein, das war's dann. So, jetzt kennst du auch meine Geschichte. Die kennen nicht viele.«

Korbinian nickte und verstärkte den Händedruck auf Joachims Schulter. »Ich weiß gar nicht, was ich darauf sagen soll, außer dass es mir leidtut.«

»Ach, es muss dir nicht leidtun, es ist schon lange her. Und ich genieße mein Leben. Die Seminare machen mir Spaß, es freut mich zu sehen, wenn meine Teilnehmer-Paare sich anschließend wieder näherkommen. Ich bin auch kein Kind von Traurigkeit, was Männer betrifft.« Joachim zwinkerte. »Womit wir wieder beim Flachlegen sind«, bemerkte Korbinian und verzog aus Verlegenheit seine Mundwinkel.

»Keine Sorge, dich leg ich heute schon nicht flach. Aber kuscheln wäre schön.«

»Verstößt das nicht gegen deine Regeln?«

Nun schüttelte Joachim den Kopf. »Komm her!«

Was war gegen Kuscheln auszusetzen? Nichts. Korbinian stellte sein Sektglas auf den Nachttisch und legte sich zaghaft auf Joachims Brust. Dort war es warm. Angenehm. Auf Anhieb fühlte sich Korbinian geborgen, während Joachim tief in seinen Bauch einatmete und seine Arme um Korbinian legte. Keiner sagte etwas. Die Kerzen flackerten ruhig dahin. Ein stiller Moment, und trotzdem tobte es in ihren Köpfen. Obwohl beide dachten, dass es falsch war, was sie hier taten, fühlte es sich richtig an.

Joachim überlegte, ob sein Herz dabei war, sich zu öffnen. So wie heute hatte er sich noch nie gefühlt. Oder doch? Die Chemie zwischen ihnen harmonierte auf jeden Fall.

Korbinian hingegen fragte sich, wieso er sich so schnell hatte fallenlassen können. Er lag mit jemandem im Bett, den er erst seit ein paar Stunden kannte. Welche Spuren würde diese Nacht in seinem Herzen hinterlassen? Es war besser, sich nicht zu sehr hineinzusteigern, denn Joachim hatte selbst gesagt, dass er nur One-Night-Stands zulässt. Ob Janis jetzt auch mit Milosz kuschelte?

Tohuwabohu in beiden Köpfen. Ohne sich weiteres zu erzählen, schliefen sie schließlich ein.

Tatsächlich Liebe. Das war Korbinians erster Gedanke, als er erwachte. Es gab keinen Zweifel daran. Er rieb sich die Augen, setzte sich im Bett auf und sah, dass Joachim vor dem Klavier saß und einen Song aus dem Film *Tatsächlich Liebe* spielte. *Glasgow Love Theme*. Er liebte diese Melodie. Und mit welcher Sanftheit Joachim die Klaviertasten drückte. Nochmals rieb sich Korbinian die Augen, um sicherzugehen, dass er nicht träumte. Er war definitiv wach. Und wünschte sich, in diesem Moment steckenzubleiben. Stundenlang. Tagelang. Bis sein Herz geheilt war. Jeder Ton veränderte etwas in seinem Inneren. Vor allem flickte die Melodie seine seelischen Wunden zusammen. Nicht aufhören! Bitte weiterspielen, flehte Korbinian innerlich. Doch die Gabe, die Zeit anhalten zu können, besaß er nicht. *Glasgow Love Theme* fand ein Ende. Unaufhaltsam lief die Zeit weiter. Dieses Mal schmerzte die Vergänglichkeit besonders. Korbinian seufzte. »Wow! Wunderschön! Danke dir. Magst du es noch einmal spielen?«

Joachim schaute ihn an und lächelte. Dann begann er die Melodie ein weiteres Mal wiederzugeben. Mit den ersten Tönen überschwemmten Korbinian erneut Glücksgefühle. Er wurde weicher und durchlässiger; kostete jede Sekunde aus, versuchte ganz im Jetzt zu sein. Am liebsten wollte er aufstehen, sich Joachim annähern und ihn drücken. Den ganzen Tag. Damit sich nicht nur sein Herz, sondern sein ganzer Körper wie Watte anfühlte. Doch eine innere Stimme ermahnte ihn, dass es für einen neuen Typen zu früh war. So blieb er auf dem Bett sitzen, und es gelang ihm trotzdem, das Stück bis zum letzten Ton zu genießen. »Danke«, nuschelte er.

Joachim erhob sich und verschlang ein paar Dragee-Keksi. »Hast du Hunger? Ich mach uns Ravioli.«

»Ravioli?« Der Zauber, den *Glasgow Love Theme* im Raum verströmt hatte, verpuffte ruckartig. Das Leben lief weiter. Mit Essen. Anstatt sich den ganzen Tag zu drücken.

»Ja. Schließlich ist es schon Mittag. Und es bringt mich meiner Mama näher. Ich hatte sie sehr selten für mich allein. Aber eines Tages, vier Monate bevor sie starb, war mein Vater mit meinen beiden Geschwistern zum Angeln gefahren und Mama gehörte nur mir. Das war der beste Tag meiner Kindheit. Wir haben gemeinsam Ravioli gekocht. Mit Rindfleischfüllung und Tomatensauce. Sie haben so lecker geschmeckt, wie danach nie mehr. Als Nachspeise haben wir eine ganze Packung Dragee-Keksi vernascht. Sie hatte immer die Dunklen gegessen, weil ich die Hellen lieber mochte.« Joachim strahlte und schwelgte in diesen vergangenen Momenten, als ob sie erst letzte Woche passiert wären.

»Eine schöne Erinnerung«, erwiderte Korbinian, der hin- und hergerissen war. Einerseits wollte er Joachim nicht mit seinen Ravioli allein lassen, andererseits hatte er das erste Mal seit Stunden das Gefühl, dass er sich nun doch zurückziehen wollte. Anstatt sich in etwas Hoffnungsloses reinzustürzen, einfach auf die Couch legen und sich von *Glasgow Love Theme* in Dauerschleife berieseln lassen. »Lass uns das mit dem Ravioli essen ein anderes Mal machen, okay?«

»Schade. Haben meine Überredungskünste eine Chance?«

Korbinian schüttelte den Kopf.

»Aber ich bring dich nach Hause«, bot Joachim an und griff wieder zu den Dragee-Keksi.

»Das ist lieb, aber ich nehme die Öffis.«

Als sie sich verabschiedeten, hielt Joachim ein Buch in der Hand und schenkte es Korbinian. »Für dich!«

Der Mann mit den zwei Leben – Reisen außerhalb des Körpers. Joachim musste es heimlich vom Seminarhaus mitgenommen haben.

»Echt? Kannst du es entbehren?«, fragte Korbinian, der sich über diese Geste sehr freute.

»Klar doch. Viel Spaß beim Lesen. Vielleicht reist du mal mit deinem Astralkörper zu mir.«

In der S-Bahn hatte Korbinian keine Sehnsucht nach Janis, aber er vermisste Joachim. Dieser Umstand irritierte ihn. Mit jeder Minute, die verging, verstärkte sich seine innere Leere. Das führte sogar so weit, dass er es beim Aufsperren der Wohnungstür bereits bereute, sich nicht auf die Ravioli eingelassen zu haben. Mit einer Menge Frust schob Korbinian eine tiefgekühlte Pizza Funghi in den Backofen und schlang sie anschließend hinunter. Das Ergebnis: ein zu voller Bauch. Er legte sich auf die Couch und schlug das Buch auf, doch auf den Inhalt konnte er sich nicht konzentrieren, da ihm die letzten zwei Tage im Kopf herumgeisterten: der Streit mit Janis, der davongelaufen war – die Begegnung mit Armin, Liem, Sarah und Alfred, mit dem er sich auf die Suche nach Janis gemacht hatte – das Erscheinen von Ute und Arne sowie ihren Problemen des Zusammenfindens – neue Infos über die Welt – die fünfte Welt – Astralreisen – und schließlich Joachim.

Joachim. Der Gedanke an ihn verursachte Herzklopfen. Das durfte nicht sein. Nicht so schnell, denn vor zwei Tagen war mit Janis noch alles Friede, Freude, Eierkuchen. Ganz stimmte das natürlich nicht. Korbinian hatte sich einiges vorgemacht. Sich Dinge schöngeredet.

Schönreden. Wie seine Mutter. *Jeder Stern, den du siehst, bringt dir Glück. Und wenn du großes Glück hast, geschieht ein Wunder*. Die Wunder seiner Mutter waren ausgeblieben.

Stattdessen hatte sie mit den Wunden ihrer seelischen Verletzungen zu kämpfen. Hatte ihre Bedürfnisse zurückgesteckt, stand ihr Leben lang nur im Schmuckgeschäft, hatte nichts von der Welt gesehen. Mehrmals betrogen von ihrem Ehemann. Und dann eine weitere Enttäuschung, als Korbinian seinen Friseurladen eröffnete. Das war der Moment gewesen, als seine Eltern realisierten, dass das Schmuckgeschäft tatsächlich keiner ihrer beiden Söhne übernehmen würde. Sie reagierten beleidigt. Konnten sich nicht mit Korbinian freuen. Der Kontakt wurde spärlich, bis er ganz abbrach. Seit nun fast drei Jahren. Es würde an ein Wunder grenzen, wenn sich Korbinians Eltern zu Weihnachten bei ihm melden würden. Doch es gab keine Wunder, davon war er überzeugt, trotz der wundervollen Augenblicke, die sich in den letzten drei Tagen in all dem Janis-Drama dazwischen geschummelt hatten. Flüchtige, freudige Momente, die vielleicht in Summe das Wunder des Lebens ergaben. Mit diesem Gedanken döste Korbinian ein.

MONTAG
17. DEZEMBER 2012

Als Korbinian aus einem unruhigen Schlaf erwachte, dämmerte es bereits. Er benötigte einen Moment, um sich zu orientieren, während sein knurrender Magen ihn daran erinnerte, dass es Zeit für eine Mahlzeit war. Die halbe Nacht war er vor der Glotze gesessen und hatte sich eine sinnlose TV-Show nach der anderen reingezogen, bis er schließlich frühmorgens eingeschlafen war. Gähnend schlurfte Korbinian in die Küche, wo er sich ein Glas Wasser einschenkte. Dann setzte er sich zum Tisch, auf dem sein Handy lag. Er tippte darauf. Vier Anrufe in Abwesenheit und eine Nachricht. Von Janis.

Tut mir leid! Meine Mami ist ausgetickt. Nicht ich, sondern sie hat dir eine Nachricht von meinem Handy geschrieben. Komm bitte in die Privatklinik „Zum Hufeisen" und lass uns reden! Zimmer 210!

Der Dragoner hatte also dazwischengefunkt. Korbinian hätte es sofort wissen müssen. Aber warum war Janis im Krankenhaus? Hatte er sich doch Erfrierungen zugezogen?

Auf dem Weg in die Privatklinik – eh klar, dass sich ein Blumenau in kein normales Krankenhaus legt –, erhielt er zwei SMS. Eine von Uschi und eine von Ute. Beide erkundigten sich nach seinem Wohl. Beim Kebab-Stand, als er einen Döner verschlang, schrieb er beiden zurück. Uschi war entsetzt, als sie über die Geschehnisse der letzten Tage erfuhr. Sie rief an, doch da der Zeitpunkt ungeeignet zum Reden war, wimmelte er sie ab und versprach später anzurufen. Als er fertig gegessen hatte, wischte Korbinian mit einer Serviette Mund und Finger sauber und hastete *Zum Hufeisen*. Bei der Privatklinik angekommen, schnaufte Korbinian kurz durch und betrachtete das große Hufeisen in bronzener Farbe, das oberhalb des Eingangs hing. Hoffentlich brachte es ihm mehr Glück als die Sterne. Nachdem sich sein Puls etwas beruhigt hatte, ging er durch die Drehtür. Zimmer 210 befand sich im zweiten Stock. Er nahm den Lift, in dem eine ältere Patientin im violetten Schlafrock mit ihm hochfuhr. Vor dem Zimmer musste er an seine Schwiegermutter denken. War sie überhaupt noch seine Schwiegermutter? Hoffentlich war der Dragoner nicht bei ihrem Sohn und bewachte ihn. Korbinian öffnete die Tür. Sanft. Für den Fall, dass Frau Blumenau tatsächlich da war, wollte er unbemerkt umkehren können. Sie war nicht da. Janis lag alleine im Zimmer, er schien zu schlafen. Langsam schlich Korbinian zum Bett hin, als Janis seine Augen öffnete. »Hi!«, sagte er und lächelte. Dass sein Gesicht Erfrierungserscheinungen aufwies, war nicht zu übersehen. Mehrere Stellen waren aufgeschürft.

»Hi«, flüsterte Korbinian, der verstört Janis ansah und sich auf den freien Stuhl neben dem Bett hinsetzte. Gerne wollte er eine Hand von Janis nehmen, doch die Befürchtung, dass Janis ihn abwies, war zu groß. »Wie geht's dir?«

»Halb so schlimm. Meine Mami hat mich ins Krankenhaus bugsiert, dagegen hatte ich keine Chance. Sorry, dass sie dich von mir ferngehalten hat.«

Mami! Jedes Mal, wenn Janis seine Mutter *Mami* nannte, lief es Korbinian kalt den Rücken runter. Er war doch kein kleines Kind mehr, aber seine *Mami* sah das wohl anders und das würde sich auch nie mehr ändern. »Erzähl mir alles! Was ist passiert?«

»Ich konnte nicht … umkehren. Meine Scham dir gegenüber war so groß.« Auch jetzt konnte Janis Korbinian nicht in die Augen blicken. »Ich hab' mich außerdem so geärgert, dass du in meinem Handy herumgeschnüffelt hast. Aber noch mehr habe ich mich über mich selbst geärgert. Dass ich dich betrogen habe. Es tut mir so leid. Das hast du nicht verdient.«

Korbinian zuckte mit den Schultern, obwohl die Worte unglaublich guttaten. Nun war der richtige Zeitpunkt, Janis' Hand zu berühren, doch Janis schüttelte den Kopf. »Den

Fingern geht's nicht so gut wie meinem Gesicht.«

»Was? Aber …«

»Keine Sorge! Die Ärzte meinten, ich muss mich nicht vor bleibenden Schäden fürchten. Ich hatte Glück, dass es nur Erfrierungen zweiten Grades sind, obwohl es sich nach mehr anfühlt.«

»Dann hat deine Mutter wohl recht gehabt, dich ins Krankenhaus zu bringen. Und dein Gesicht?«, fragte Korbinian vorsichtig.

»Wird auch wieder. Ich muss wohl vorerst auf meine Kosmetik-Rituale verzichten.« Janis verdrehte seine Augen.

Sein heiliges Gesicht, dachte Korbinian, der etwas Mitleid verspürte. Der Betrug mit Milosz rückte in den Hintergrund, doch Janis schob ihn zurück ins Scheinwerferlicht. »Es tut mir wirklich leid, dass du die Sache mit Milosz auf diese Weise erfahren musstest.«

»Ssschh«, tönte Korbinian. »Lass uns darüber ein anderes Mal reden. Wer hat dich denn im Schneesturm gefunden?«

»Niemand. Zum Glück bin ich auf eine Hütte gestoßen, in der eine Familie das Wochenende verbrachte. Der Vater hat mich trotz Sturm schnurstracks ins nächste Krankenhaus gebracht. Und Mami hat dann alle Hebel in Gang gesetzt, dass ich hierher verlegt wurde. Sie hat auch meinen Cousin beauftragt, all meine Sachen aus der Hütte zu holen und das Auto mitzunehmen.« Endlich schaute Janis Korbinian an. Eine Verletzung blitzte aus seinen Augen, als ob Korbinian ihn mit Milosz betrogen hätte und nicht umgekehrt.

»Ich hab' mir solche Sorgen um dich gemacht. Zum Glück ist nichts Schlimmeres passiert.« Nun konnte sich Korbinian nicht mehr zurückhalten, er strich Janis durch sein braunes Haar.

»Aber …«, begann Janis. Er schloss seine Augen und sprach weiter: »Es ist doch Schlimmes passiert. Zwischen uns.«

Korbinian nahm seine Hand zurück, rieb sich seine Nase und fuhr gleichzeitig mit der Zunge über seine Zahnlücke. Als er zum Reden ansetzte, schüttelte Janis erneut den Kopf.

»Ich habe bis jetzt jeden meiner Partner betrogen. Und glaub mir, das fällt mir nicht leicht zuzugeben. Aber es ist so. Ich bin leider so. Und du bist anders. Du brauchst jemand, der nur an dir Gefallen findet.«

»Aber …« Korbinian versuchte erneut, Janis zu unterbrechen.

»Kein Aber! Ich kann dir nicht einmal in die Augen schauen, während ich dir das alles sage. Sei ehrlich zu dir selbst, Korbinian. Ich war nicht ehrlich. Nicht zu dir, nicht zu mir. Du hast etwas Besseres als mich verdient. Und du bist nicht der Typ, der auf Dauer meine Seitensprünge akzeptieren könnte. Milosz schon.«

»Milosz? Heißt das …« Korbinians Stimme klang härter.

»Mir ist es erst vor ein paar Wochen bewusst geworden. Es tut mir leid, Korbinian. Wirklich!«

Korbinian fehlten die Worte, obwohl er wusste, dass Janis mit allem recht hatte, was er soeben gesagt hatte. Und trotzdem hatten ihn diese Worte eiskalt erwischt.

»Und ich liebe dich, Korbinian, auf einer freundschaftlichen Ebene.«

»Du wirfst drei Jahre einfach so weg. Wegen eines Halbwüchsigen?«, zischte Korbinian und erhob sich.

»Er ist zweiundzwanzig«, rechtfertigte sich Janis.

»Ich geh' jetzt. Deine Mami wird bestimmt gleich reinschneien.«

»Es tut mir so leid! Wirklich!«, entschuldigte sich Janis, doch Korbinian hatte die Tür bereits zugeknallt. Er wollte weinen und schreien, konnte es aber nicht. Die Gefühle schienen irgendwo in seinem Körper eingefroren zu sein. Wie erstarrt stand er im Lift, dieses Mal allein, und fuhr nach unten. Was soll ich jetzt machen, überlegte er. Zu Joachim fahren? Da das keine gute Idee war, rief er Uschi an. »Annika, bitte geh' mit mir was trinken. Ich brauch dich.«

Da war Feuer am Dach, wusste Uschi, wenn Korbinian sie mit ihrem Geburtsnamen ansprach. Sie trafen sich dreißig Minuten später im KARMA. So stark wie heute sah sie Uschi Glas selten zum Verwechseln ähnlich, doch Korbinian steckte zu sehr in seinem Leid, um das zu bemerken. Da Alkohol keine Lösung und Korbinian nach wie vor von den letzten Tagen erschöpft war, brachte Uschi ihn nach zwei Stunden sicher nach Hause. »Wenn du die Einsamkeit nicht aushältst, meldest du dich bei mir«, beharrte sie. Ihre Stimme war ernst und doch schwang etwas Liebevolles mit.

»Aye Aye, Sir!«, erwiderte Korbinian und bedankte sich für ihr Dasein.

»Gerne, Schätzchen! Wir sehen uns frisch und munter morgen um neun im Laden.«

Nach einer langen Dusche legte sich Korbinian ins Bett. *Ich war nicht ehrlich. Nicht zu dir, nicht zu mir. Du hast etwas Besseres als mich verdient. Und du bist nicht der Typ, der auf Dauer meine Seitensprünge akzeptieren könnte*. Janis hatte recht gehabt und das wusste Korbinian auch, aber warum musste die Wahrheit so schmerzen? Und soll es das zwischen ihnen wirklich gewesen sein? Korbinian beschloss, Janis morgen nach der Arbeit noch einmal zu besuchen, um die Sache gründlich auszudiskutieren, ohne davonzulaufen. Mit einem Seufzer erhob er sich und schaltete die Musikanlage ein. *Glasgow Love Theme*. In Dauerschleife. Dabei musste er an Joachim denken, wie er diese Melodie gefühlvoll auf dem Klavier gespielt hatte. Joachim. Der Seminarleiter. Seine Bindungsprobleme würden nur weiteren Schmerz verursachen. Und trotzdem träumte Korbinian von ihm.

DIENSTAG
18. DEZEMBER 2012

Als der Wecker läutete, riss Korbinian die Augen auf. Gerade noch hatte er mit Joachim auf einem einsamen Strand geküsst, als ein Schneesturm aufzog und Janis mit entstelltem Gesicht erschien. Korbinian murrte, rieb sich die müden Augen und versuchte, die Erinnerungen des ersten Teils des Traumes zu bewahren. Ein Traum, der so real gewirkt hatte. Vielleicht war das eine astrale Reise gewesen? Er wollte sich unbedingt mehr zu diesem Thema informieren. Als er aufstand, stopfte er das Buch, das ihm Joachim geschenkt hatte, in den Rucksack und nahm sich vor, in der Mittagspause ein paar Seiten davon zu lesen.

Erschöpft schleppte er sich zur Arbeit. Circa zwanzig Meter vor seinem Geschäft blieb er stehen und betrachtete es. *Korbinian's* hieß es. Janis hatte ihn damals überredet, den Laden nach seinem Vornamen zu benennen. Nach anfänglichem Mundverziehen, fand Korbinian den Vorschlag bald gar nicht mehr so abwegig. Und jetzt, drei Jahre später, schuldete er Janis mehr als zwanzigtausend Euro, die er ihm so schnell wie möglich zurückzahlen musste. Um einen Kredit würde er nicht herumkommen. Diese Tatsache verursachte ein flaues Gefühl im Magen. »Das ist eine Top-Location. Du musst zuschlagen!«, hatte ihm Janis empfohlen und ihn mit Küssen überschüttet, als sie zum ersten Mal das Gebäude besichtigt hatten. »It's your fairytale!«

»Das Märchen wird finanziell eine Nummer zu hoch für mich sein«, bedauerte Korbinian und zuckte mit den Schultern.

»Schatz, ich unterstütze dich, das haben wir doch schon besprochen. Mach dir keine Gedanken darüber.«

Jetzt musste sich Korbinian sehr wohl den Kopf zerbrechen, welche Bank ihm einen Kredit gewähren würde. Mit einem verbitterten Ausdruck in seinem Gesicht betrat er den Laden. Uschi tratschte mit Frau Bergthaler, während sie den Pixie Cut ihrer Kundin stutzte. Schnell zauberte Korbinian einen freundlichen Blick auf sein Gesicht, grüßte die beiden und verschwand so grimmig wie davor nach hinten in den Personalraum. Dort saß Oli auf der Couch und glotzte auf sein Handy.

»Du wirst nicht fürs Herumsitzen bezahlt«, maulte Korbinian und schüttelte den Kopf. Dass er allein im Personalraum sein wollte, musste Oli ja nicht wissen. »Los, kehr die Haare draußen zusammen!«, befahl er seinem Lehrling.

»Okay!« Oli hüpfte in seinem jugendlichen Elan von der Couch hoch, dabei fiel ihm eine Haarsträhne, die er hinters Ohr gesteckt hatte, übers Gesicht. Er trug längeres, braunes Haar mit Mittelscheitel. Kurz bevor er nach draußen verschwand, wünschte er seinem Chef einen guten Morgen.

Korbinian ärgerte sich, dass er seinen Frust an Oli ausgelassen hatte. Der 15-Jährige konnte am wenigsten dafür. Im Großen und Ganzen war er fleißig. Bemühte er sich weiterhin, würde Korbinians Friseurteam in Zukunft aus drei Fachkräften bestehen - vorausgesetzt, er hatte bis dahin nicht Konkurs anmelden müssen. Vielleicht kam Janis ihm entgegen und Korbinian konnte sich mit der Rückzahlung etwas Zeit lassen.

Der Vormittag verstrich überraschend schnell. Er bediente fünf Kundinnen. Nach einem abschließenden Blick in den Spiegel fingerte jede selbst an ihrer neuen Frisur herum, zuerst mit der rechten, dann mit der linken Hand und abschließend mit beiden Händen. Die Überprüfung, ob tatsächlich jedes Haar in die gewünschte Richtung wies, war unerlässlich. Im Endeffekt waren die Frauen zufrieden, wie immer. Ihre Frisuren saßen. Zum Abschluss warf noch jede eine stolze Summe an Trinkgeld in das weiße Porzellanschwein, das neben der Kasse stand, dann verabschiedeten sie sich und wünschten frohe Weihnachten. Zu Mittag besorgte Oli Essen und zwei Money-Maker-Rubbellose für Uschi, die sich erneut ärgerte, als sie die Nieten in den Papierkorb schmiss.

Während Korbinian seinen gebratenen Eierreis mit Hühnchen aß, schlug er endlich das Buch auf. *Der Mann mit den zwei Leben – Reisen außerhalb des Körpers*. Sofort zog ihn der Inhalt in seinen Bann, und beinahe hätte er vergessen, seinen Eierreis weiter zu essen.

»Was liest du da?«, fragte Uschi, als sie den Personalraum betrat. Sie war soeben mit dem Kurzhaarschnitt eines Mannes fertiggeworden und öffnete die Verpackung, in der sich ihr Ramen befand.

»Etwas über Astralreisen«, antwortete Korbinian, ohne den Blick vom Buch abzuwenden.

»Sowas interessiert dich?«

»Seit ein paar Tagen. Ute, von der ich dir gestern erzählt habe, hat mich angefixt. Kennst du dich damit aus?« Nun hob er seinen Blick und schaute Uschi an, die ihr Ramen aus einem eigens dafür vorgesehenen Holzlöffel schlürfte.

»Auskennen ist übertrieben.«

»Dieser Typ, von dem ich hier lese, ist viel herumgereist … ohne Körper. Oft ist er dort gelandet, wo er mit seinem Astralkörper hinwollte, oft hat er sich aber auch in den Astralwelten verirrt, während sein Körper im Bett lag. Ziemlich abgefahren! Und die parapsychologische Forschung hat zusätzlich viele hunderte Berichte darüber«, erzählte Korbinian begeistert, als Oli seinen Kopf bei der Tür hereinsteckte.

»Korbinian, dein nächster Kunde ist schon da! Soll ich ihm die Haare waschen?«

»Ja, bitte! Ich komm' gleich raus.«

»Apropos, abgefahren. Wie geht's dir heute?«, fragte Uschi

erst jetzt, da ihre Kunden sie vorher pausenlos in Beschlag genommen hatten.

»Puh! Frag nicht. Vielleicht wäre es besser, wenn die Welt in drei Tagen untergehen würde.«

»Es tut mir so leid. Ich wünschte, ich könnte dir helfen.«

Korbinian rieb sich die Stirn. »Wenn ich das Finanzielle später mit Janis klären kann, bin ich schon erleichtert.«

»Nur das Finanzielle? Wolltest du nicht auch um die Beziehung kämpfen?«

»Schauen wir mal.« Korbinian stopfte die letzten zwei Bissen vom gebratenen Eierreis mit Hühnchen in seinen Mund, dann eilte er nach draußen.

Kurz vor achtzehn Uhr hatte er die Privatklinik erreicht. Er huschte durch die Drehtür und zum Lift hin, aus dem ein Mann mit zwei Kindern herauskam. Als Korbinian oben ausstieg, nahm er einen Duft wahr, der ihm gestern nicht aufgefallen war. Holzig und süßlich, mit einem exotischen Touch. Wahrscheinlich Palo Santo. Als Korbinian die Türschnalle nach unten drücken wollte, erschien plötzlich eine Krankenschwester hinter ihm.

»Ah, Sie müssen Herr Graf sein. Schön, dass Sie es rechtzeitig geschafft haben.«

Korbinian hatte keine Ahnung, wovon die Bedienstete der Privatklinik sprach.

»Es wird Ihrem Vater helfen, besser loslassen zu können, wenn Sie bei ihm sind. Ich bin vorne auf der Schwesternstation, falls Sie etwas brauchen.« Sie drückte Korbinians

Oberarm. Dann verschwand sie. Als Korbinian einen Blick auf die Zimmernummer warf, begriff er, dass er im Lift auf den falschen Knopf gedrückt hatte. Janis lag eine Etage höher. Er eilte den Gang zurück und die Treppen hinauf, bis er im zweiten Geschoss war. Vor Janis' Zimmer atmete er noch einmal tief durch, dann öffnete er vorsichtig die Tür, damit kein Geräusch entstand.

Milosz saß auf dem Krankenbett. Er hielt eine Hand von Janis und strich ihm zärtlich übers Gesicht. Der Adonis hatte das Privileg, Janis berühren zu dürfen, was Korbinian gestern verwehrt wurde. Dass die beiden verliebt waren, erkannte Korbinian sofort. Dieser Schlag in die Magengrube löste Brechreiz aus, wie des Öfteren in den letzten Tagen. Doch der Höhepunkt der Übelkeit kam erst, als Milosz Janis küsste. Korbinian flüchtete vor diesem Anblick. Er musste das Kapitel Janis abschließen, besser heute als morgen.

An die nächsten Minuten konnte er sich im Nachhinein nicht erinnern, was seinem Schockzustand geschuldet war. Eine Frauenstimme riss ihn schließlich aus seiner Abwesenheit heraus.

»Herr Graf! Hallo? Trinken Sie!« Die Krankenschwester von vorhin hielt Korbinian eine Tasse hin. »Der tut Ihnen gut. Ein Kräutertee.«

Korbinian nahm die Tasse entgegen. Erst jetzt realisierte er, dass er vor dem Zimmer des sterbenden Herrn Graf saß.

»Es ist bestimmt sehr schwer, sich von Ihrem Vater zu verabschieden. Aber Sie sind der Einzige, den er noch hat.« Krankenschwester Hilde – las Korbinian auf dem Schild, das auf ihrer blassblauen Bluse befestigt war. »Helfen Sie ihm, seine letzten Stunden etwas leichter zu machen«, regte sie an. Ihr fürsorglicher Blick erinnerte ihn an Ute. »Ihnen wird das auch guttun.« Dann verschwand sie wieder nach vorne, in die Schwesternstation.

Schluck für Schluck trank Korbinian aus der Tasse, während viele Fragen durch seinen Kopf schwirrten. Wieso hatte ihn sein Unbewusstes ausgerechnet zu diesem Zimmer geführt? Sollte er die Erfahrung machen, einen sterbenden Menschen zu begleiten? Wo war Graf Junior? Ließ er seinen Vater absichtlich im Stich? Fragen, die ihn von Janis und Milosz ablenkten. Als Korbinian die Tasse Kräutertee ausgetrunken hatte, übermannte ihn die Neugierde. Er stand auf und betrat das Zimmer.

Der Duft von Palo Santo umhüllte ihn und benebelte seine Sinne. Er ließ sich sofort von der friedlichen Atmosphäre vereinnahmen, die bis in sein Herz vordrang. Der Schmerz von vorhin war wie weggeblasen. Herr Graf bewegte sich nicht. Seine Augen waren geschlossen. Korbinian schlich zum Bett hin, dann setzte er sich auf den leeren Stuhl daneben und musterte den alten Mann. Die Lebensjahre, wahrscheinlich über achtzig, hatten Spuren auf seinem Gesicht gezeichnet. Das Haar wucherte noch üppig. Schneeweißes Haar. Die Nase war breit. Sein Atem floss ruhig, kaum wahrnehmbar. Beinahe dachte Korbinian, dass Herr Graf bereits tot war, doch er zählte fünf Atemzüge in der Minute. Schwester Hilde hatte recht gehabt, dass er nicht mehr oft ein- und ausatmen würde. Sie musste es ja wissen. Künstlich beatmet wurde er nicht, aber ein Beruhigungs- oder Schmerzmittel oder beides wurde ihm intravenös verabreicht.

Nach wenigen Minuten wurde Korbinian unsicher. Sollte er etwas sagen? Oder spürte Herr Graf seine Anwesenheit sowieso? Vielleicht schwebte dieser mit seinem Astralkörper über ihm und versuchte angestrengt, die Verbindung zu seinem Körper zu kappen. Der Anblick des sterbenden Mannes beruhigte Korbinian. Irgendwie komisch, denn er hatte gedacht, dass ihm der zum Greifen nahende Tod Angst einjagen würde.

Die erste Stunde im friedlichen Palo-Santo-Dunst verging schnell. Korbinian sagte kein Wort und Herr Graf hielt die Augen geschlossen. Seine Atmung blieb stabil, bei weiterhin fünf Atemzügen pro Minute. Manchmal röchelte er. Der richtige Sohn ließ sich nach wie vor nicht blicken.

Immer wieder musste Korbinian an seine Eltern denken. Viel zu lange hatte er sie nicht gesehen. Hoffentlich waren sie gesundheitlich noch fit. Sein Verstand sagte ihm, dass er der Schlauere sein und auf sie zugehen sollte, bevor auch sie auf der Palliativstation landeten. Dann versuchte er sich vorzustellen, wer an seinem Sterbebett sitzen würde. Janis bestimmt nicht, das war klar. Vielleicht Uschi? Oder ein neuer Mann, den er noch nicht kannte? Joachim wäre schön. Der Gedanke an Joachim ließ ihn aufseufzen, als plötzlich Herr Graf seine Augen öffnete. Korbinian erschrak. Doch der alte Mann starrte nur die Decke an. »Ich bin stolz auf dich, mein Sohn!«, sagte er klar und deutlich, auch wenn sich seine Stimme klagend anhörte. Dann fielen seine Augen zu.

Korbinian zitterte. Unbedingt musste er diese Botschaft dem jungen Grafen ausrichten, wenn der sich endlich hierher bequemen würde.

Kurz darauf spähte Schwester Hilde bei der Tür herein und lächelte Korbinian an. »Brauchen Sie etwas?«, flüsterte sie, während sie kontrollierte, ob die Nadel im Unterarm von Herrn Graf noch richtig angebracht war.

Korbinian schüttelte den Kopf und bedankte sich.

Es war halb acht. Zeit, die Atemzüge von Herrn Graf zu zählen. Vier Ein- und Ausatmungen pro Minute. Zur Sicherheit zählte Korbinian ein weiteres Mal, doch die Anzahl blieb gleich. Herr Graf hatte seine Atmung verlangsamt. Bald würde er davonfliegen und seinen physischen Körper zurücklassen, hier auf diesem Bett. Zwei Tage vor dem Weltuntergang.

Um halb neun griff Korbinian in den Rucksack, fischte sein Buch heraus und begann zu lesen, doch konzentrieren konnte er sich auf die Berichte der Astralreisen nicht. Hunger hatte er auch keinen, obwohl seine letzte Mahlzeit, der Eierreis mit Huhn, bereits viele Stunden zurücklag. Die Überlegung, den Raum zu verlassen, schob Korbinian weg; das war keine Option. Seine Neugierde und die Verpflichtung, einen alten Mann nicht allein sterben zu lassen, fesselten ihn an diesen Stuhl. Auch eine Art von Sensationsgier mischte sich dazu, für die er sich schämte, aber dem Tod war er noch nie so nahe gewesen wie heute.

Beim nächsten Kontrollbesuch teilte Korbinian Schwester Hilde mit, dass Herr Graf nur mehr dreimal pro Minute ein- und ausatmete. Sie presste daraufhin ihre Lippen zusammen und tätschelte Korbinian an der Schulter. »Bald hat er die Reise geschafft.«

Als er wieder allein war, begann er, ohne sich überlegt zu haben, was er sagen sollte, zu sprechen: »Ich heiße Korbinian. Und ich bleibe bei Ihnen, bis Ihr Sohn kommt. Vielleicht fragen Sie sich, warum ausgerechnet ich hier sitze. Es war Zufall. Und … und ich bin froh darüber. Ich bin gerne bei Ihnen … in Ihren letzten Stunden.« Korbinian erschrak und schämte sich über seine Wortwahl. *In Ihren letzten Stunden.* Wie unsensibel! Vielleicht hatte Herr Graf die Hoffnung noch nicht aufgegeben und klammerte sich an weitere Tage, Wochen, vielleicht sogar Monate oder Jahre. *In Ihren letzten Stunden.* Korbinian sollte nichts mehr sagen. Und er tat es auch nicht, bis es dann so weit war.

MITTWOCH
19. DEZEMBER 2012

Ein Röcheln weckte Korbinian. Sofort war er putzmunter und sah, dass Herr Graf seine Augen aufgerissen hatte. »Sei nicht allein – öffne dein Herz!«, murmelte er, daraufhin folgte Stille, bis er wieder einatmete. Wieder mit einem Röcheln. Korbinian gab keinen Mucks von sich. Es war 2:20 Uhr. Mit seiner linken Hand fuhr er zum rechten Unterarm des Sterbenden hin. Herr Graf atmete aus. Lange. Sehr lange. Obwohl es Korbinian noch nie erlebt hatte, ahnte er, dass Herr Graf nun seinen Körper verlassen hatte, denn sein Gesicht begann sich zu entspannen, wurde weicher. Er wirkte erlöst und atmete nicht mehr ein. Und trotzdem spürte Korbinian, dass der Tote nach wie vor hier war. Vielleicht mit seinem Astralkörper? Nach circa fünfzehn Minuten war dieses Gefühl weg und der Raum fühlte sich leer an. Die ganze Zeit war Korbinian überraschend gefasst gewesen. Er erhob sich, denn es war Zeit, Schwester Hilde zu informieren.

Als er nach Hause kam, war die Gelassenheit verschwunden. Er war aufgewühlt und konnte nicht einschlafen. Diese Sterbebegleitung hatte ihn innerlich verändert. Janis und Milosz waren nicht mehr relevant. Das Geld, das er Janis schuldete, löste keine Panik mehr aus. Und selbst wenn übermorgen die Welt untergehen würde, wäre es ihm egal. Zwischen all diesen Gedanken tauchte immer wieder das gelöste Gesicht von Herrn Graf vor seinem inneren Auge auf. Als seine Gedanken schließlich zur Ruhe kamen und Korbinian müde wurde, läutete der Wecker, und er fuhr ohne Schlaf in den Friseurladen. Dennoch fühlte er sich erstaunlich kraftvoll. Er wusch, schnitt, färbte und föhnte mit Elan die Haare seiner Kundinnen – heute kamen ausschließlich Frauen zu ihm. Und er lächelte, mehr als sonst. In der Mittagspause hatte er endlich Zeit, Uschi von letzter Nacht zu erzählen. Mit großen Augen lauschte sie und schüttelte zwischendurch den Kopf, während sie an ihrem Ramen löffelte. Fast jeden Tag entschied sie sich für diese Mahlzeit. Heiß und vegetarisch. Die passende Mahlzeit für den Winter. »Warum hast du das gemacht?«, fragte sie ihn.

»Keine Ahnung. Irgendetwas hat mich bei Herrn Graf gehalten. Und ich bereue es auch nicht. Es war meine bisher spirituellste Erfahrung.«

Nach der Arbeit fuhr Korbinian nach Hause und legte sich ins Bett. Sofort übermannte ihn der Schlaf.

DONNERSTAG
20. DEZEMBER 2012

Draußen schneite es, als Korbinian die Jalousien hochzog. Es war ein Winter, wie er ihn in seiner Kindheit oft erlebt hatte. Gerne erinnerte er sich ans Schneemannbauen mit seinem Bruder. Meistens hatten sie schon vor der Schule begonnen, bis ihre Mutter die Geduld verlor und beide in die Schule jagte. Am Nachmittag hatten sie ganze Schneefamilien in Ruhe formen können. Der Garten war voller Figuren. Einmal hatte Korbinian sogar versucht, einen Schnee-Eisbären zu bauen, was ihm aber nicht gelang. Das ist ja eine Katze, stellte Dorian fest und lachte. Seit damals nahm ihn sein älterer Bruder deswegen auf die Schaufel.

Sein Handy riss ihn aus seinen Gedanken. Er nahm es vom Nachtkästchen hoch und las die Nachricht von Ute, die ihm einen schönen Tag wünschte. Gleich darauf kam noch eine SMS. Janis informierte ihn, dass er morgen seine Sachen abholen würde. Komischerweise erleichterte Korbinian diese Information, gleichzeitig fragte er sich, wie Janis das Packen mit seinen lädierten Händen bewerkstelligen würde.

Als Korbinian unter die Dusche wollte, piepste sein Handy schon wieder. Es war eine Nachricht, die sein Herz höherschlagen ließ. Von Joachim.

Willst du mit mir morgen den Weltuntergang feiern?

Sei nicht allein – öffne dein Herz!, hörte er Herrn Graf sagen. Und das wollte Korbinian sich tatsächlich zu Herzen nehmen, denn sagten Sterbende nicht immer das, was sie am meisten bereuten? Anscheinend war Herr Graf verschlossen und oft allein gewesen. Daher hatte er nicht gewollt, dass sein Sohn in seine Fußstapfen trat. Doch der junge Graf hatte seinen Vater beim Sterben im Stich gelassen. Vielleicht hatte er auch ein verhärtetes Herz und war ein Einzelgänger.

Willst du mit mir morgen den Weltuntergang feiern? Diese Worte verzauberten Korbinian. Mit einem *Ja* antwortete er, dann sprang er voller Elan unter die Dusche.

FREITAG

21. DEZEMBER 2012

Ich lebe noch. Das war Korbinians erster Gedanke, als er die Augen aufschlug, und trotzdem hatte er ein mulmiges Gefühl. Schnell rief er im Internet die Newsseite auf, ob es eine Katastrophe, einen neuen Krieg oder vielleicht sogar eine Alien-Invasion gab. Nichts davon. Er atmete erleichtert auf und hoffte, dass es so bleiben würde und die Mayas recht behielten, dass mit dem heutigen Tage eine neue bessere Welt beginnen würde. Die fünfte Welt.

Nachdem er sich geduscht hatte, hörte er Geräusche aus der Küche. Janis hatte sich in die Wohnung geschlichen, um seine Sachen zu packen. Korbinian verdrehte seine Augen, denn er hatte gehofft, seinem Ex nicht über den Weg zu laufen.

»Willst du einen Kaffee?«, fragte Janis, ohne zu grüßen. Seine Hände waren bandagiert.

»Nein, danke«, murrte Korbinian. Auch er verzichtete auf eine Begrüßungsfloskel. »Und wie läuft es mit Milosz?« Diese Frage konnte er sich nicht verkneifen.

Janis musste prusten. Zum Glück hatte er noch keinen Schluck vom Kaffee genommen. Er schaute Korbinian mit großen Augen an. Dabei war zu erkennen, dass seine Wunden im Gesicht gut verheilten.

»Ich hab' euch im Krankenhaus gesehen. Es war eindeutig.« Janis direkt damit zu konfrontieren, erleichterte Korbinian.

»Es tut mir leid!«

Das nahm ihm Korbinian sogar ab, ohne enttäuscht zu sein, denn die Vorfreude auf Joachim war zu groß. Der Seminarleiter mit seinen zwei Villen war zum richtigen Zeitpunkt in seinem Leben erschienen, um gut durch den Trennungsschmerz zu kommen. »Über das Finanzielle sollten wir noch reden.«

»Das eilt nicht«, antwortete Janis und trank vom Kaffee.

»Bist du dir sicher?« Korbinian kratzte sich am Kinn.

»Ja! Das bin ich dir schuldig nach meinen Eskapaden.«

Zumindest zeigte er Einsicht. Das tat gut. »Wie geht's dir? Was sagen die Ärzte?«, erkundigte sich Korbinian vorsichtig.

»Schon recht gut. Ein paar Spezialbehandlungen noch, dann sollte ich wieder der Alte sein.«

»Fein! Ich muss los. Die Arbeit ruft.«

»Ich hoffe, wir können Freunde bleiben.« Janis sagte die Worte mit zittriger Stimme.

»Weiß ich nicht«, antwortete Korbinian und zuckte mit den

Schultern. Dann ging er in den Flur, um sich die Schuhe und Jacke anzuziehen, als es läutete.

»Das ist für mich«, rief Janis aus der Küche.

Korbinian öffnete die Tür und erwartete Milosz, doch es war seine Ex-Schwiegermutter. Sie bäumte sich vor ihm auf und sah ihn scharf an, dann drängte sich *Mami*, ohne ihn zu berühren, an ihm vorbei. Es war definitiv Zeit, zu gehen.

Uschi schnitt Frau Lehmann die Haare. Aus beiden sprudelten die Wörter heraus, als ob sie an einem Rede-Marathon teilnehmen würden. Sie sprachen über das Wetter und fürchteten, dass der Traum von weißen Weihnachten in letzter Minute zerplatzte. Wie immer. Schuld würde dieser El Niño sein, war Uschi überzeugt. Nein, das Geo-Engineering, war sich Frau Lehmann sicher.

Korbinian hatte keine Ahnung, wovon Frau Lehmann sprach, und blickte zu Oli, der mit einem Kunden telefonierte. Er blätterte im Kalender vor und zurück, auf der Suche nach einem passenden Termin.

Dann erst sah er Frau Waidhofer, seine erste Kundin. Sie saß mit frisch gewaschenen Haaren auf ihrem Platz, den Oli ihr zugewiesen hatte, und blätterte durch eine Illustrierte.

Ein paar Stunden später, um dreizehn Uhr, starteten sie in den wohlverdienten Weihnachtsurlaub, der bis zum zweiten Januar andauern würde. Korbinian flitzte in den Personalraum und kam mit einer Flasche Prosecco zurück. »Lasst uns auf dieses Jahr anstoßen!« Er füllte den Perlwein in die

Gläser. Dann prosteten sie sich zu. »Ich möchte mich bei euch für euer Engagement bedanken. Hier eine kleine Anerkennung.« Korbinian überreichte zuerst Uschi, dann Oli ein Kuvert. Mit einhundert Euro für Uschi und fünfzig Euro für Oli. Beide taten überrascht, obwohl sie sich selbstverständlich ein paar Kröten oder zumindest einen Gutschein erhofft hatten.

»Ich habe auch etwas für euch«, sagte Oli.

Weder Uschi noch Korbinian hatten sich etwas von ihrem Lehrling erwartet, und beide waren gleichermaßen erstaunt. Oli griff in seine Hosentasche und zog zwei Money-Maker-Rubbellose heraus. »Bitte sehr. Vielleicht habt ihr Glück. Mein erstes Lehrjahr war wirklich toll. Dank euch!«

Uschi quietschte und umarmte Oli.

»Danke dir, ohne dich hätten wir es halb so lustig hier«, sagte Korbinian, der bereits rubbelte. »Drei Euro gewonnen.«

»Ooh, du Glückspilz«, sagte Uschi und nahm die 50-Cent-Münze von Korbinian entgegen. Sie rubbelte. Dann schrie sie auf und ließ die Münze fallen.

»Wie viel?«, fragten Korbinian und Oli gleichzeitig.

»Drei Symbole. Drei gleiche Symbole. Ich darf … ich darf –«

»…an der Fernsehshow teilnehmen«, sprach Oli weiter, während er die Münze aufhob und sie Korbinian zurückgab, der wiederum Uschi das Rubbellos aus der Hand riss. Tatsächlich. Sie hatte eines von den hundert Losen erwischt.

»Oli, du musst für mich in den Windkanal steigen.«

»Kommt nicht in Frage. Das ist deine Chance«, erwiderte er.

»Darauf trinken wir«, sagte Korbinian, während Uschi sich an den Kopf fasste und nochmals vor Freude schrie.

Um vierzehn Uhr schloss Korbinian ab. Janis und seine *Mami* würden bestimmt noch beim Packen sein. Zweimal am Tag wollte er dem Dragoner nicht in die Quere kommen. So steuerte er die Pizzeria Conti an, setzte sich an einen Fensterplatz und verspeiste mit Genuss eine Pizza Frutti Di Mare. Er konnte nicht glauben, dass Uschi bald im Windkanal nach Geldscheinen jagen würde und musste bei dem Gedanken grinsen. Dass er Joachim in ein paar Stunden wiedersehen würde, ließ sein Grinsen noch breiter werden. Der prophezeite Weltuntergang schien, wie erhofft, auszubleiben. Nach wie vor gab es keine Warnungen oder Meldungen einer Katastrophe. Vielleicht war dieser 21.12.2012 ein Neustart. Korbinian hoffte es so sehr. *Sei nicht allein - öffne dein Herz!*, flüsterte Herr Graf ihm in seinen Gedanken zu. Still versprach Korbinian dem Verstorbenen, seinen Ratschlag umzusetzen, egal, wie sehr seine Beziehung auch in Scherben lag. Und falls Joachim ebenfalls bereit wäre, den Heiligen Abend mit ihm zu verbringen, würde Korbinian quietschen, so wie Uschi es vorhin getan hatte, als sie ihren Gewinn freigerubbelt hatte.

Plötzlich fiel Korbinian ein, dass er Ute noch gar nicht geantwortet hatte. Er griff zum Handy und schrieb ihr. Kurz darauf informierte Janis ihn, dass er mit dem Packen fertig war und morgen in der Früh nochmals vorbeikommen würde. Da liege ich hoffentlich im Wasserbett, dachte Korbinian und lächelte verschmitzt. Nachdem er bezahlt hatte, entschied er sich, nach Hause zu spazieren. Es dauerte fast eine Stunde. Als er in die Wohnung kam, erschrak er. Über die Leere. Überall fehlte etwas – da ein Stück, dort ein Teil.

Janis hatte auch alle Bilder, die die Wände verziert hatten, mitgenommen. Darüber war Korbinian sogar froh, da diese seltsamen Kunstwerke nie seinen Geschmack getroffen hatten. Obwohl die vielen kahlen Stellen in der Wohnung nur klein waren, trübten diese Korbinians Stimmung. Während er sich duschte, beschloss er, so rasch wie möglich die Wohnung umzugestalten. Der alte Mief musste raus, und ein paar neue Sachen mussten rein. Und mit diesem Gedanken ging es ihm wieder besser. Nach der Dusche zog er, wie immer, zerrissene Jeans an, schlüpfte in ein weißes T-Shirt und entschied sich für einen Strickpullover von Uschi. Das dunkelblaue Handwerk war Uschis erstes Weihnachtsgeschenk für Korbinian gewesen. Wie am ersten Tag fühlte er sich auch heute noch flauschig und warm an.

Pünktlich um neunzehn Uhr drückte Korbinian die Klingel. In diesen ungeduldigen Sekunden, bis Joachim die Tür öffnete, staunte er erneut über dieses einzigartige Gebäude und den Garten, der sich weiterhin in seinem schneeweißen Kleid präsentierte. Dann war es so weit – das ersehnte Wiedersehen. Wie vor ein paar Tagen trug Joachim eine grüne Kappe. Er küsste Korbinian auf die Wange und deutete mit der Hand, reinzukommen. »Ich hab' uns was gekocht.«

»Ravioli?«, fragte Korbinian, der sich die Schuhe auszog.

»Hättest du gern welche?«

Schon wieder eine Gegenfrage!

Selbstverständlich gab es Ravioli. Mit Rindfleischfüllung und Tomatensauce, als Beilage einen grünen Salat. Dazu tranken sie Weißwein. Chardonnay. Während sie aßen, erzählte Korbinian von seinen letzten Tagen. Joachim lauschte interessiert. Ihr Blickkontakt vertiefte sich, und beide waren gefesselt von der Intensität der Augen des anderen. Graublau strahlten die von Joachim, und hellblau leuchteten die von Korbinian. Es knisterte zwischen ihnen. Korbinian hoffte insgeheim, dass sie heute tatsächlich in die *Kiste springen* und sich nicht nur reinlegen würden. In das schwappende Wasserbett. Das wäre ein richtig hoffnungsvoller Start in die neue fünfte Welt. Und nichts sprach dagegen. Joachims Blicke sprachen Bände. Korbinian musste sich nur gedulden. Sein Teller war mittlerweile fast leer. Er schob eine weitere Ravioli in den Mund. »Die sind wirklich lecker«, sagte er, während er daran schmatzte.

»Danke! Fast so gut, wie Mama sie gemacht hat.«

Nach dem Essen schlug Joachim vor, es sich auf der Couch bequem zu machen.

Springen wir nicht in die Kiste? Beinahe wären die Wörter Korbinian rausgerutscht und das wäre ihm peinlich gewesen, denn er wollte es sich nicht durch eine unpassende Äußerung mit Joachim verscherzen. Kaum gedacht, wusste er, dass dieser Gedanke ein Blödsinn war, denn Joachim würde ihn bestimmt nicht von der Bettkante stoßen. Aber da Korbinian sich etwas von dieser Nacht und insbesondere von Joachim erwartete, war er nicht so locker wie letztes Mal. Eine weitere Enttäuschung könnte er heute nur schwer ertragen.

Joachim öffnete eine Sektflasche. Der Korken flog durch den Raum und landete vor einer Glückskastanie. Dann

prosteten sie sich zu. »Auf den Weltuntergang!«
»Auf die neue Welt«, korrigierte Korbinian ihn und wollte aus seinem Glas trinken, doch Joachim hielt ihn mit einer Handbewegung davon ab. »Auf uns!«, betonte er und gab Korbinian erneut einen Kuss auf die Wange. Die Lippen fühlten sich wie ein wärmendes Feuer nach einem langen Spaziergang in der Kälte an. Die Richtung stimmt, war sich Korbinian sicher.

»Jetzt kannst du trinken«, sagte Joachim und lächelte Korbinian an. Dann hüpfte er auf und steuerte die Musikanlage an. »Und nun die passenden Weltuntergangslieder. Komm, lass uns tanzen!«

Michael Stipe von R.E.M. begann bereits *It's The End Of The World (As We Know It)* zu singen, als sich Korbinian von der Couch erhob. Der Chardonnay, den er intus hatte, half ihm, sich befreit der hektischen Melodie hinzugeben. Beide hüpften, kreisten die Hüften, schwangen die Arme in alle Richtungen und sangen mit. Als der nächste Song begann, verdrehte Korbinian die Augen. *All I Want For Christmas Is You*. Da er sich den Moment nicht verderben lassen wollte, versuchte er, eine neue Erinnerung zu diesem Lied von Mariah Carey zu gestalten und für die Zukunft abzuspeichern. Und so flippte er aus, Joachim auch. Beide schwitzten und lachten herzhaft, als der Song zu Ende war. »Das hat gutgetan«, sagte Joachim außer Atem.

»Sehr gut sogar«, gestand Korbinian, während er mit einer Hand vor seinem Gesicht herumfächerte, um sich Abkühlung zu verschaffen. Nach einem Schluck Wasser kommentierte er das nächste Musikstück – *The End Of The World* von Skeeter Davis. Ein Lied aus dem Jahre 1963. »Schon wieder passend zum Weltuntergang und so ein Lamourhatscher noch dazu.«

»Naja, Lamourhatscher nicht wirklich«, sagte Joachim, »eher ein Trennungslied.«

»Ein depressives«, ergänzte Korbinian.

»Aber gut zum Tanzen«, fügte Joachim hinzu, schlich sich an Korbinian ran, legte die Hände auf seinen Hintern, und führte durch den Tanz.

Korbinian ließ ihn gewähren, denn Joachims Hände fühlten sich wunderbar an.

»Und? Ist es auch das Ende deiner Welt, dass dich Janis verlassen hat?«, fragte Joachim mit einfühlsamer Stimme, in Anspielung auf den Text des Liedes.

Korbinian schüttelte den Kopf. »Definitiv nicht!«, erwiderte er. Dann küsste er Joachim auf die Wange. Nur langsam entfernte er seine Lippen, als Gitarrenriffs ein neues Lied ankündigten. *Hallelujah* von Jeff Buckley. Fast so schön wie *Glasgow Love Theme*, dachte Korbinian.

»Bist du auch bereit für mehr?«, wollte Joachim wissen.

»Und du?« Mit der Gegenfrage drehte Korbinian den Spieß um, und mehr hatte es nicht gebraucht. Im Nachhinein wussten sie nicht mehr, wer von den beiden den Kuss initiiert hatte. Während Jeff Buckley einfühlsam sang, begegneten sich sanft ihre Lippen und Zungen. Der Kuss wurde von einem zum nächsten Hallelujah leidenschaftlicher. Die knapp sieben Minuten des Liedes kosteten sie voll aus. Da die grüne

Kappe störte, schmiss sie Korbinian zu Boden und drückte Joachims Kopf fester zu sich. Die beiden schwebten in einer anderen Sphäre wie beim Astralreisen und doch blieben sie in ihren Körpern. Doch dann platzte die Stimme von José Feliciano aufdringlich aus den Lautsprecherboxen und zerstörte die romantische Stimmung. *Feliz Navidad*. Eindeutig der falsche Song zu diesem Zeitpunkt. Beide sahen sich irritiert an, bis Joachim mit seinem linken Zeigefinger Korbinians Unterlippe zart berührte, mit dem Mittelfinger tippte er die Nase an. So bewegte er beide Finger weiter nach oben, bis die ganze Hand schließlich Korbinians dunklen Haare berührte. Ein wohliger Schauer durchfuhr ihn.

»Danke«, sagte Joachim und gab Korbinian einen weiteren Kuss. »Und jetzt lass uns zu diesem verrückten Song tanzen.«

Und das taten sie auch. Dazu verschlangen sie ein paar Dragee-Keksi. Korbinian griff ausschließlich zu den Dunklen, je bitterer die Schokolade war, desto besser.

»Hast du Lust auf Eislaufen?«, fragte Joachim, als José Feliciano zu Ende gesungen hatte und die Bühne Wham überließ. *Last Christmas*.

»Willst du?«, stellte Korbinian die Gegenfrage und zeigte Joachim seine Zunge.

»He, du verwendest meine Mittel. Frechheit!«

»Dieses Lied halt ich nicht aus«, beklagte sich Korbinian. »Gehen wir!«

Joachim hob die Kappe vom Boden auf uns setzte sie auf, dann nahm er noch ein helles Dragee-Keksi und hielt Korbinian ein dunkles hin.

Nachdem es die letzten Tage durchgehend Minusgrade hatte, machte sich Korbinian keine Gedanken, ob die Eisfläche einbrechen könnte. Joachim schaltete die Lichterketten ein. Auch heute faszinierte Korbinian dieser bunt beleuchtete Eislaufplatz.

»Mit Musik«, rief Joachim aus der Hütte. Als er herauskam, klatschte er in die Hände und jubelte. »Lass uns das Leben genießen!«

Hallelujah. Noch einmal das Lied von Jeff Buckley. Es passte perfekt zur Situation, auch wenn sie während des Eislaufens nicht küssen konnten. Sie liefen nebeneinander und sangen jedes Mal enthusiastisch bei den Hallelujahs mit. Und davon gab es viele. Insgesamt vierunddreißig. Die Luft war trocken, der Himmel sternenklar. Ihr Atem bildete kleine Dampfwölkchen. Nach mehreren Runden kündigte Joachim eine weitere Überraschung an und verschwand in der Hütte. »Bleib dort stehen«, rief er Korbinian zu, als er kurz darauf wieder herauskam. Er trug etwas in den Händen, doch Korbinian erkannte nicht, was es war.

»Achtung! Gleich geht's los!« Joachim zündete Stahlwolle, die er zuvor in einen Schneebesen reingestopft hatte, an. Sie begann zu glimmen. Am Griff des Schneebesens war eine lange Schlaufe befestigt, was es ihm ermöglichte, den Schneebesen herumzuschleudern. Es sprühte Funken.

»Wow! Wunderschön«, murmelte Korbinian, der den Wirbel der glühenden Teilchen fasziniert anstarrte. Passend dazu tönte *Christmas Lights* von Coldplay aus den Lautsprecherboxen. Aber zu schnell war der Funkenregen wieder vorbei.

»Warte! Bin gleich wieder da«, sagte Joachim und verschwand in der Hütte. Er stopfte neue Stahlwolle in den Schneebesen, eilte nach draußen und schleuderte noch einmal mit voller Geschwindigkeit den Schneebesen im Kreis herum. Wieder sprühten die Funken. »Willkommen neue Welt!«, schrie er und freute sich, während Korbinian Demut gegenüber dem Leben fühlte. Er war dankbar, diesen wunderbaren Moment zu erleben.

»Willst du auch?«, fragte Joachim, als die Stahlwolle abgebrannt war.

»Ja, gerne«, erwiderte Korbinian.

So lief Joachim nochmals zur Hütte hin. Als er zurückkam, hielt er den mit Stahlwolle aufgefüllten Schneebesen Korbinian hin. »Viel Spaß damit!« Er entfernte sich ein paar Meter, um sich vor den Funken zu schützen.

Korbinian fackelte nicht lange herum und zündete die Stahlwolle an, die sofort glimmte. Dann schleuderte auch er den Schneebesen im Kreis herum. Und es machte ihm Spaß.

Joachim klatschte die Hände zusammen und jubelte erneut, was Korbinian motivierte, mitzumachen. So jubelten beide, während die Funken flogen. »Bye bye, Janis«, flüsterte er, damit Joachim ihn nicht hören konnte, dann rief er: »Willkommen, neue fünfte Welt!«

Nachdem der letzte Funke erloschen war, legte er den Schneebesen auf die Bank vor der Hütte, zog seine Winterschuhe an und hopste zu Joachim, um ihn stürmisch zu küssen.

»Springen wir jetzt in die Kiste?«, fragte Joachim mit einem schelmischen Grinsen.

»Der Seminarleiter kann's nicht lassen«, erwiderte Korbinian und freute sich insgeheim.

»Ist das ein Ja?« Wieder tippte Joachim mit seinem linken Zeigefinger auf Korbinians Unterlippe, der Mittelfinger berührte seine Nase. Zärtlich bewegten sie sich bis zur Stirn nach oben.

Korbinian genoss diese Berührungen und sagte: »Vielleicht. Lass uns noch etwas trinken.«

Sie waren froh, wieder im Warmen zu sein. Joachim nahm einen Prosecco mit ins obere Stockwerk. Ohne das Licht einzuschalten, zündete er ein paar Kerzen an und zauberte augenblicklich Romantik in den Raum. Währenddessen bewunderte Korbinian das Klavier, das sehr teuer gewesen sein musste. Er fuhr mit den Fingern sanft über die Tasten.

»Soll ich dir die ersten Töne von *Glasgow Love Theme* beibringen?«, fragte Joachim, der nun neben Korbinian stand.

»Voll gern, ja! Aber ich kenn mich mit Noten gar nicht aus.«

»Kein Problem! Ich zeige dir die ersten Griffe. Die sind einfach.«

Und nach kurzer Zeit schaffte es Korbinian tatsächlich, ein paar Sekunden lang, *Glasgow Love Theme* zu spielen. Er freute sich. Für mehr war er aber nicht mehr aufnahmefähig. Und so übernahm Joachim seinen Platz und spielte mit voller Hingabe die ganze Melodie. Was für ein Glück, das zu erleben, dachte Korbinian und machte Joachim anschließend ein Kompliment. »Deine Mutter wäre sehr stolz auf dich, wenn sie dich erleben könnte, mit welcher Begeisterung du spielst.«

Joachim bedankte sich und lächelte. »Was ist eigentlich mit deinen Eltern? Warum hast du keinen Kontakt mit ihnen?«

»Sie haben es zu persönlich genommen, dass ich einen eigenen Friseurladen eröffnet habe und nicht in ihre Fußstapfen getreten bin. Aber das Schmuckgeschäft hat mich nie sonderlich interessiert, außer als Kind. Sie haben sich nicht einmal die Mühe gemacht, bei der Eröffnung meines Friseurladens vorbeizuschauen. Und das hat wiederum meinen Stolz verletzt. Und so erwartet nach wie vor jeder, dass der andere den ersten Schritt macht und sich entschuldigt.«

»Tut mir leid«, erwiderte Joachim, der Korbinian an der Schulter tätschelte. »Vielleicht kannst du über deinen Schatten springen, schließlich werden sie nicht mehr jünger.«

»Sagt der Seminarleiter! Apropos springen.« Geschickt versuchte Korbinian von seinen Eltern abzulenken, und Joachim dockte wie ein Magnet an. Er küsste Korbinian und schob ihn Richtung Bett, bis sie darauf landeten und sich langsam gegenseitig auszogen. Was dann geschah, war umwerfend. In der Ekstase war sich Korbinian sicher, eine solche sexuelle Intensität noch nie erlebt zu haben. Zwischen ihnen sprühten die Funken, wie vorhin aus dem Schneebesen. Und langsam, nur ganz langsam, ließ ihr Verlangen nach dem anderen nach. Sie bestätigten gegenseitig, dass diese Erfahrung unbeschreiblich, nahezu einzigartig war und kuschelten sich zusammen. Kurz darauf, es war ein paar Minuten vor Mitternacht, schliefen beide ein. Der prophezeite Weltuntergang hatte nicht stattgefunden.

SAMSTAG
22. DEZEMBER 2012

Korbinian wachte mitten in der Nacht auf. Da die Kerzen noch brannten, bemerkte er, dass Joachim nun am anderen Ende des Bettes lag. Tief und fest schlief er dort, sein Atem war kaum zu hören. Die leisen Atemgeräusche erinnerten Korbinian an Herrn Graf, auch wenn Joachim mehr als drei Atemzüge pro Minute machte. Als Korbinian gerade seine Augen schließen wollte, erschien der Verstorbene schwebend unter der Zimmerdecke vor ihm. Vor Schreck zuckte Korbinian zusammen. War das ein Traum oder hatte er schlafende Geister geweckt? Er rieb sich die Augen und zwickte sich, doch Herr Graf, der durchsichtig wirkte, blieb da.

»Ich meinte es ernst. Sei nicht allein – öffne dein Herz!«, sprach der Tote mit klagendem Laut.

Ich liege schon im Bett mit einem aussichtsreichen Kandidaten für eine neue Beziehung, antwortete Korbinian im Stillen.

»Öffne dein Herz!«, wiederholte Herr Graf eindringlich. Dann lachte er unheimlich, ehe er verschwand.

Korbinian spürte, wie sein Herz wild gegen seine Brust trommelte. Vorsichtig drehte er den Kopf zu Joachim, der sich nach wie vor nicht rührte. Fing er nun an, verrückt zu werden? Oder wollte Herr Grafs Astralkörper ihn drängen, sich mit seinen Eltern auszusöhnen? Dieser Strudel an Gedanken hielt ihn noch einige Zeit wach, bis er schließlich wieder schläfrig wurde und bald einschlief.

Beim nächsten Mal, als Korbinian die Augen aufschlug, war es draußen hell. Die Kerzen waren ausgeblasen. Leider lag Joachim weder im Bett, noch saß er vor dem Klavier. Kein *Glasgow Love Theme*. Keine Spur von *Tatsächlich Liebe*. Korbinians Magen krampfte sich zusammen. Warum war Joachim aufgestanden, ohne ihn vorher zu küssen oder mit ihm zu kuscheln? War er für Joachim nur eine weitere Nummer im Bett gewesen? Bei diesem Gedanken wurde Korbinians Mund trocken. Plötzlich fiel ihm die nächtliche Erscheinung von Herrn Graf ein. Wie surreal das gewesen war, und doch hatte es sich irgendwie echt angefühlt. Ein durchtriebener Traum vermutlich. Widerwillig stand er auf, zog seine Unterhose an und ging nach unten. Bestimmt bereitete Joachim Frühstück zu, doch auch da wurde er enttäuscht. Joachim saß auf der Couch und tippte eifrig in die Tastatur des Laptops.

»Guten Morgen«, sagte Korbinian, der am Fuße der Treppe stehenblieb.

Joachim, der das guten Morgen erwiderte, klopfte weiterhin auf die Tasten, ohne Korbinian anzublicken. »Gut geschlafen?«

In diesem Moment verstand Korbinian, dass er in der Villa nicht mehr erwünscht war, aber der Herr Seminarleiter zu feig war, es auszusprechen. Wo war nur seine Herzlichkeit geblieben? Seine Hilfsbereitschaft? Über Nacht hatte er sich in einen komplett anderen Menschen verwandelt. Die Enttäuschung könnte größer nicht sein. »Mhm.« Mehr brachte Korbinian nicht über die Lippen.

»Fein! Du, sorry, aber ich muss hier was niederschreiben. Ich hatte eine coole Inspiration für ein Seminar.«

»Ich muss sowieso nach Hause«, erwiderte Korbinian mit beleidigter Stimme, in der Hoffnung, dass Joachim ihn zurückhalten würde, doch das geschah nicht. Auch Kaffee bekam er keinen angeboten. Was für ein Schlag ins Gesicht, nach so einer Nacht, die sich nach Neubeginn angefühlt hatte. Korbinian trottete nach oben und zog sich an. Im Badezimmer erfrischte er sich, wusch sein Gesicht, dann schlich er wieder nach unten. Als ob er es nicht erwarten hatte können, hüpfte Joachim sofort auf und steuerte die Tür an. »Ich lass dich raus.«

»Das ist nett!« Den sarkastischen Unterton, der mitschwang, überhörte Joachim absichtlich.

»Hey, hat Spaß gemacht mit dir. Danke und frohe Weihnachten!«, wünschte er und gab Korbinian einen flüchtigen Kuss auf die Wange, ohne ihm in die Augen zu schauen. Es war offensichtlich, dass es ihm unangenehm war, dass er Korbinian nicht mehr geben konnte als diese armseligen, gefühlskalten Gesten.

»Bye«, sagte Korbinian und hetzte hinaus. *Sei nicht allein – öffne dein Herz*, äffte er Herrn Graf nach, als die Tür mit einem dumpfen Knall zufiel. Das war also der wahre Joachim. Sobald er jemanden in die Kiste gehievt hatte, zeigte der Seminarleiter kein Interesse mehr. Aber das hatte Korbinian sowieso gewusst, denn Joachim hatte es immer wieder angedeutet. Er wollte es nur nicht wahrhaben. Die Lust auf Weihnachten war Korbinian nun endgültig vergangen. Auch am 24. wollte er nicht mehr mit Uschi und ihrem Freund feiern. Sein einziges Bedürfnis war, auf der Stelle zu schreien, doch dafür fehlte ihm ein Gegenüber, das ihn richtig anstachelte. Jemand wie Joachim. Und so fraß er seinen Groll in sich hinein und fuhr nach Hause. Dort war es nun noch trostloser als gestern. Janis und seine *Mami* hatten die halbe Küche leergeräumt, dafür lag ein Zettel auf der Küchenkredenz. Janis wollte Korbinian nach den Feiertagen treffen, um über die offenen Punkte zu sprechen. Das Finanzielle natürlich. Was sonst?

Sei nicht allein – öffne dein Herz!

Dieser Satz setzte sich hartnäckig in Korbinians Kopf fest. Er ließ sich auf die Couch fallen und starrte die Decke an. Vielleicht steckte er in einem hinterlistigen Traum fest und er würde jeden Moment in Joachims Bett aufwachen. Mit der Melodie von *Glasgow Love Theme*. Aus *Tatsächlich Liebe*.

Tatsächlich reingefallen war er. So sah es aus! Die innere Unruhe ließ Korbinian nicht entspannen. Er sprang auf, wollte

Hallelujah von Jeff Buckley hören und drückte auf *Play*. Doch nach dem fünften *Hallelujah* hatte er genug und schaltete die Musikanlage aus. Das einzige Mittel gegen Unruhe war, in die Stille zu kommen. *Stille Nacht, Heilige Nacht – Sei nicht allein – Öffne dein Herz – Verzeihe den Eltern – Nein, werde ich nicht.* Die erhoffte innere Stille rückte in weite Ferne. Ein Gedanke jagte den anderen. Und dann schoss Korbinian eine Idee in den Kopf.

Eine Party! Die würde ihn von diesem erbärmlichen Seminarleiter ablenken. Und von diesem noch erbärmlicheren Janis.

Spontane Weihnachtsparty bei mir!
Ich freue mich, wenn du mit Begleitung morgen ab 18 Uhr zu mir kommst.
Merry Christmas, Korbinian

Er verschickte die Einladung an Uschi, Oli, Ute und Arne sowie auch an Alfred. Bei letzterem fügte er hinzu, dass er unbedingt Sarah und Liem mitnehmen sollte. Er rechnete nur mit Absagen, da wahrscheinlich so spontan niemand Zeit hatte, doch er täuschte sich. Alle sagten innerhalb von zehn Minuten zu seiner Freude zu. Nun musste er sich sputen, da bis zur Feier noch einiges zu erledigen war – einkaufen, die Wohnung putzen und beim Friseurladen die fehlenden Küchenutensilien holen, die Janis entwendet hatte. Nachdem er die Einkäufe nach Hause gebracht hatte, spazierte er zum Friseurladen und packte die wichtigsten Sachen aus der

Personalküche in eine Reisetasche, als er ein Klopfen an der Tür hörte. Korbinian wunderte sich und fragte sich, wer das sein konnte. Er ging zum Eingang und sah durch das Glas einen attraktiven Mann – mit kantigem Gesicht, aus dem zwei dunkelbraune Augen strahlten. Der hübsche Fremde musste knapp zwei Meter groß sein und war vermutlich um die dreißig Jahre alt. Haarschnitt konnte er keinen wollen, denn seine Frisur war perfekt. Blondes Haar bis zu den Ohren, mit Mittelscheitel. Korbinian sperrte auf und öffnete die Tür.

»Hallo Korbinian, was für ein Glück, dich hier anzutreffen.«

Diese Worte irritierten Korbinian. Sollte er ihn kennen? Er schaute den Fremden mit großen Augen an, ohne zu antworten.

»Ich bin Aleksander. Der Sohn von Herrn Graf.«

»Aaah, Graf Junior«, rutschte es aus Korbinian heraus und es war ihm sofort unangenehm.

»Ja, obwohl ich nicht Graf mit Nachnamen heiße. Ich trage den Nachnamen meiner Mutter. Stern.«

»Wie bitte?«, schoss ungebremst die Frage aus Korbinians Mund heraus.

»Aleksander Stern. Krankenschwester Hilde hat mir die Notiz auf der Rückseite deiner Visitenkarte gegeben. Vielen Dank, dass du für meinen Vater da warst, in seinen letzten Stunden.« Aleksander wirkte gar nicht traurig. Komisch. Und er hieß tatsächlich Stern. *Jeder Stern, den du siehst, bringt dir Glück. Und wenn du großes Glück hast, geschieht ein Wunder.* War Aleksander sein Stern? Der Stern, der ihm DAS Liebeswunder bescheren sollte? Vielleicht hatte seine Mutter doch recht gehabt mit ihrer Weisheit. »Gerne! Weißt du, ein Zufall hat den anderen ergeben, sodass ich bei deinem Vater im Zimmer gelandet bin und dann konnte ich ihn nicht mehr allein ster… also allein lassen.«

»Dich haben bestimmt die Engel zu ihm geschickt. Ich hab' leider den Flug in Nepal verpasst und kam zu spät zurück.«

»Ah, das tut mir leid«, erwiderte Korbinian, noch immer fasziniert von diesen dunkelbraunen Augen, die ihn anstrahlten. Aleksander Stern durfte ihm unter keinen Umständen durch die Finger gleiten. Er musste ihn zur Weihnachtsparty einladen.

»Ich habe ein kleines Dankeschön«, sagte Aleksander und überreichte Korbinian eine Tragetasche aus Papier. Darin befand sich eine Flasche Chardonnay. Und ein Gutschein eines Nobel-Restaurants. Zweihundert Euro.

»Das ist zu viel«, äußerte sich Korbinian und wollte die Tasche zurückgeben, doch Aleksander schüttelte den Kopf. »Kommt überhaupt nicht infrage. Ich bestehe darauf!«

Korbinian nahm schließlich das Geschenk widerwillig an. Und bevor Aleksander abrauschte, fragte er noch schnell: »Was machst du morgen? Ich organisiere bei mir eine kleine Weihnachtsfeier. Vielleicht magst du vorbeikommen, falls du etwas Ablenkung brauchst.«

»Weißt du, ich bin ehrlich gesagt erleichtert, dass mein Vater von seiner Krankheit erlöst ist. Er hatte ein gutes Leben. Und neunundachtzig Jahre ist ein schönes Alter.«

»Oh okay! Dann hatte er einen sehr jungen Sohn«, erwiderte Korbinian, der Aleksander nicht höher als dreißig Jahre einschätzte.

»Ja, ich war ein Nachzügler«, erklärte Aleksander, ohne sein wahres Alter zu erwähnen.

»Heißt das, wir sehen uns morgen?«, hakte Korbinian nach und fuhr mit seiner Zunge, wie so oft, zwischen die Zahnlücke.

»Ja, gerne, wenn du mir deine Adresse verrätst.«

Korbinian schrieb sie auf eine weitere Visitenkarte. Dann verabschiedeten sie sich. *Sei nicht allein – öffne dein Herz!* Diesen Rat vom alten Graf verstand Korbinian nun nicht mehr, denn er hatte einen ganz anderen Eindruck von Aleksander gewonnen – offen und freundlich.

Wie unberechenbar das Leben war: in einem Moment Trübsal, im nächsten Sonnenschein. Mit diesen Gedanken schnappte Korbinian die Reisetasche und marschierte beschwingt nach Hause, voller Vorfreude, morgen Aleksander wiederzusehen. Der Stern, der ihm vielleicht das unverhoffte Glück bringen würde.

SONNTAG

23. DEZEMBER 2012

Die Weihnachtsdekoration glänzte und belebte die vielen leeren Flächen in der Wohnung, die nach einem gründlichen Putz blitzte. Bier und Säfte standen im Freien, um zu kühlen. Und auf der Herdplatte kochten Glühwein und ein Chili con Carne. Ein Blick auf die Uhr zeigte, dass es kurz vor achtzehn Uhr war, als eine SMS ertönte. Bestimmt eine Absage, vermutete Korbinian, doch er irrte sich. Die Nachricht war von Joachim, der sich für seine Gefühlskälte entschuldigte und gleichzeitig erklärte, dass offenbar dagegen noch kein Kraut gewachsen sei.

Obwohl ihn sofort das Gefühl der Zweisamkeit übermannte und Szenen ihrer gemeinsamen Nacht mit

Zärtlichkeiten aufpoppten, entschied sich Korbinian schweren Herzens, die Nachricht zu löschen. Joachim war nicht offen für etwas Dauerhaftes und außerdem hatte er seinen Stern gefunden. Hoffentlich! Zehn Minuten später klingelte es. Uschi und ihr Freund Robin grinsten beim Hereinkommen. Gleich hinter ihnen stand Oli mit einer Freundin. Gönül hieß sie. Acht Jahre lang waren sie in derselben Klasse und fast immer Sitznachbarn gewesen. Ihr Freundschaftsband hatte sich vor allem in den letzten beiden Schuljahren gestärkt. Korbinian führte alle vier in die Küche zum Esstisch und schenkte den Glühwein in Tassen ein. »Wer mag ein Chili?«, fragte er in die Runde.

»Ich!«, riefen alle gleichzeitig. Mit einem Schöpflöffel tauchte Korbinian in den Kochtopf ein und füllte die Schüsseln auf. »Lasst es euch schmecken!«

Dann läutete es erneut. Diesmal standen Ute und Arne vor der Tür. In einer herzlichen Umarmung freuten sie sich, einander wiederzusehen. Ute überreichte Korbinian eine gelbe Kerze. »Ein kleines Geschenk von mir. Handgemacht«, sagte sie und strahlte übers ganze Gesicht. Korbinian umarmte sie noch einmal und bedankte sich. In der Küche angekommen, stockte ihr der Atem, als sie Uschi sah. »Diese Ähnlichkeit. Unglaublich!«

»Ja, wie Uschi Glas in ihren jungen Jahren«, ergänzte Arne seine Frau.

»Und sie ist auch bald im Fernsehen zu sehen«, posaunte Oli.

»Ja? Wird das Leben von Uschi Glas verfilmt?«, fragte Ute und nahm eine Tasse mit Glühwein entgegen.

»Nein, aber ich bin demnächst bei Money Maker«, informierte Uschi, quietschte kurz auf und gab Robin einen dicken Kuss auf die Wange.

»Wow! Glückwunsch«, gratulierte Ute.

»Und du weißt hoffentlich, wie du im Windkanal stehen musst, damit du den größten Gewinn heimbringst?«, hakte Arne nach.

»Klar, ich schaue jede Woche.« Uschi kicherte. »Freut mich, euch kennenzulernen. Jetzt habe ich ein Gesicht zu den beiden Gurus.« Und noch einmal kicherte Uschi, während Arne die Bemerkung mit einer Handbewegung wegwischte.

»Gurus?«, fragte Oli, während er das Chili aus der Schüssel genüsslich herauslöffelte.

»Ja, sie kennen sich mit den Mayas, der neuen fünften Welt und mit Astralreisen aus.« Uschi konnte es kaum erwarten, sich mit ihnen auszutauschen. Nachdem neben ihr noch ein Platz frei war, setzte sich Ute dorthin. Oli und Gönül spitzten ihre Ohren, als sich die zwei Frauen über den nicht stattgefundenen Weltuntergang unterhielten. Arne gesellte sich zu Robin und versuchte eine Parallel-Unterhaltung zu beginnen. Über ihre Berufe.

Es klingelte. Das muss mein Stern sein, dachte Korbinian und sauste zum Eingang. Das Herz klopfte ihm bis zum Hals, als er die Tür aufmachte.

»Darliiiiing! Helloooooo!«, kreischte Alfred, der Korbinian sofort umarmte und ihn auf beiden Wangen abschmatzte. Statt Liem und Sarah stand ein älterer Herr daneben. »Mon cher, danke für die Einladung! Ich bin Konrad«, stellte sich der huttragende Mann vor und überreichte Korbinian eine Flasche Dom Pérignon. Anschließend verbeugte er sich. In seiner rechten Hand hielt er einen Stock, über den sich Korbinian wunderte, denn die Schritte zur Garderobe wirkten stabil. Als Konrad seinen Hut abnahm und auf einen Haken hängte, entblößte er seine Glatze, über die er hin und her fuhr, als ob er seine Haare richten wollte und vergessen hatte, dass er gar keine mehr hatte.

In der Küche stockte Alfred der Atem. »Das kann nicht … Nein! Uschi Glas? Oder ihre junge Schwester? Ein Klon? Ich glaub' ich spinn'!«

Alle lachten, als sich auch noch Konrad die Frage stellte, ob er mit dem Eintreten in die Küche, eine Zeitreise in seine Jugend zurückgelegt hatte.

»Ich bin weder Uschi Glas noch ihre junge Schwester und auch kein Klon. Ich heiße Annika, aber alle nennen mich Uschi. Freut mich! Und freut mich auch, dass du einen Pullover von mir trägst.« Sie stand auf und schüttelte den beiden Neuankömmlingen die Hand, dabei warf sie einen fragenden Blick zu Korbinian hin.

»Klar, dass dich alle so nennen. Ich bin Alfred und du musst Korbinian nicht so anschauen. Er hat mir deinen Pullover geschenkt, weil ich ihn so liebe.« Dann fächerte er mit den Händen vor seinem Gesicht herum. »Korbi-Schatz hast du was zum Trinken? Aber bitte keinen Punsch oder Glühwein.«

Konrad konnte den Blick von Uschi nicht abwenden. »Verblüffend diese Ähnlichkeit. Meine Verehrung!« Dann setzte er sich neben Gönül hin und begrüßte sie auf Türkisch, was

Olis Freundin zum Kichern brachte. Nachdem alle vom Chili con Carne satt waren, wollte Alfred tanzen. Korbinian drehte die Musikanlage im Wohnzimmer auf. *Have Yourself A Merry Little Christmas*. Doch das Lied war Alfred zu langweilig, er schob Korbinian zur Seite. »Lass mich mal!« Kurz darauf sang George Michael *Last Christmas*. Nun jubelte Alfred. Er riss sich den dicken Strickpullover vom Leib, schwang seine Hüften und schlürfte nebenbei aus seinem Glas, das bis zum Rand mit Dom Pérignon gefüllt war. Oli und Gönül gesellten sich zu ihm und sangen lauthals mit, während Konrad sich auf die Couch plumpsen ließ. Die anderen quatschten in der Küche über Astralreisen, doch Korbinian konnte sich nicht auf das Thema konzentrieren. Er schaute ständig auf die Uhr und rätselte, warum Aleksander noch nicht da war. Musste er die nächste Enttäuschung einfahren? Alle unterhielten sich blendend, nur er selbst hatte keinen Spaß an seiner eigenen Feier. Damit niemand seine miese Stimmung bemerkte, setzte Korbinian ein fröhliches Gesicht auf. Eine Maske, in die er sich reinzwang, um ein höflicher Gastgeber zu sein.

Nach zwanzig Minuten kreischte Alfred aus dem Wohnzimmer: »Poloooonaiseeeeee!« Er drehte die Lautstärke weiter nach oben, als Michael Bublé zu singen begann. *Mis Deseos / Feliz Navidad*. Kurz darauf tänzelten Oli, Gönül, Konrad und Alfred in die Küche. Letzterer bildete den Kopf der Polonaise. Er wirbelte seine Hände in der Luft herum, schnitt Grimassen und forderte die anderen auf, mitzumachen. Uschi war von der Idee begeistert, schnappte Robins Hand und zerrte ihn zum Ende der tanzenden Schlange. Weniger euphorisch zeigten sich Ute und Arne, doch zögernd schlossen sie sich dem Trupp an. Das Schlusslicht bildete Korbinian, der seine Hände auf die Schultern von Arne legte. Sie bewegten sich durch die ganze Wohnung, stiegen auf Stühle und auf die Couch, sprangen (bis auf Konrad) hinunter, sie schwangen ihre Hüften und hüpften über Teppiche. Der Wikinger heizte mit seinen Anweisungen die Stimmung an, was schlussendlich dazu führte, dass auch Ute und Arne ohne Ende lachten und Korbinian für eine Weile seinen Stern vergaß. Erst nach drei weiteren Liedern verlor die Polonaise ihren Reiz und sie löste sich auf. Dann unterhielten sie sich über *Money Maker*. Auf Uschi prasselten viele Tipps ein, wie sie im Windkanal agieren sollte. Da Ute und Arne mehr an Korbinians Leben interessiert waren, nahmen sie ihn zur Seite und ließen sich jedes Detail seit ihrem Abschied in den Bergen schildern. Dabei fieberten sie mit, ärgerten sich über Janis' Entscheidung und freuten sich über die Erlebnisse mit Joachim, um gleich den Kopf über ihn zu schütteln (sie waren sich einig, dass es mit dem Seminarleiter und ihnen als Paar kein *Zusammenfinden* mehr geben würde). Die Begegnung mit Aleksander betrachteten Ute und Arne als ein schicksalhaftes Ereignis. Aber wo war er nur, der vielversprechende Mann?

Es war bereits einundzwanzig Uhr. Oli und Gönül verabschiedeten sich, weil sie anderen Freunden schon vor Wochen versprochen hatten, auf ihre Feier zu kommen. Vor allem Alfred fand es schade, dass die junge Generation so früh abrauschte. Eine halbe Stunde später klingelte es erneut.

Korbinian flitzte zur Tür, und hoffte, Aleksander endlich begrüßen zu können, doch die Enttäuschung war groß, als die achtzigjährige Frau Haasmaier, die nebenan wohnte, vor ihm stand. Die Nachbarin hatte den Partylärm nicht überhören können und streckte Korbinian einen Teller mit Weihnachtskeksen hin. »Lasst sie euch schmecken!« Dann drehte sie schnell um und hinkte zurück in ihre Wohnung. Sie hatte erst vor kurzem eine Hüftoperation gehabt.

»Danke!«, rief Korbinian nach. »Wollen Sie ein Gläschen ...«

Doch Frau Haasmaier winkte ab, da sie ihre zwei oder drei Gläschen lieber allein in ihren vier Wänden trank.

Im Nu hatten sie die Vanillekipferl, Linzer Augen, Hausfreunde und Kokosbusserl verputzt. Dann läutete es erneut. Es war kurz vor zehn Uhr. Natürlich hoffte Korbinian, dass es Aleksander war, der vor der Tür wartete, doch vermutlich brachte Frau Reitgruber, die einen Stock höher wohnte und erst im Sommer ihren Mann verloren hatte, einen Weihnachtsstollen vorbei. Korbinian öffnete die Tür und sah endlich in die dunkelbraunen Augen von Aleksander. Sie strahlten wie Diamanten.

»Tut mir so leid, dass ich es erst jetzt geschafft habe, aber der Weihnachtsstollen ist im Ofen verbrannt. Zum Glück hatte ich mehr Teig für einen zweiten Versuch.«

»Ooh, danke dir! Der sieht aber lecker aus. Komm doch rein«, erwiderte Korbinian, der den Weihnachtsstollen (von seinem Stern, und nicht von Frau Reitgruber) entgegennahm und daran roch.

»Oh la la«, rief Alfred, als er Aleksander sah. »Hallo Darling, ich bin Alfred!« Er drückte Aleksander zu sich und umarmte ihn.

Korbinian spürte einen Anflug von Eifersucht, sah Alfred schon mit Aleksander in die Kiste springen, doch Aleksanders Gesichtsausdruck beruhigte ihn. Schnell wandte sich der Neuankömmling aus der Umarmung heraus, setzte sich neben Uschi hin und aß ein Chili con Carne, während die anderen den Weihnachtsstollen verkosteten und davon schwärmten. Korbinians Herz schlug schneller. Er wollte ein Gespräch mit Aleksander starten, am liebsten allein, doch dieser war bereits mitten in der Erzählung von seiner letzten Reise nach Nepal, als ihm ein Einheimischer geheime Orte von Yogis gezeigt hatte, um dort zu meditieren. Uschi spitzte ihre Ohren. »Schatz, sowas müssen wir unbedingt mal machen«, sagte sie zu Robin, der begeistert zustimmte. Auch Ute und Arne interessierte eine solche Reise und sie erkundigten sich gleich nach dem Kontakt des Einheimischen. Alfred gähnte. Laut. Dieses Gequatsche fadisierte ihn. »Willst du fahren?«, fragte Konrad, der an einem Stück Weihnachtsstollen knabberte. »Ja, Ivo wird im *KARMA* schon auf uns warten.« Er schnellte von seinem Stuhl hoch und umschlang Korbinian. »Darling, danke dir. Es hat Spaß gemacht.« Dann verabschiedete er sich von den anderen, drückte sich erneut besonders stark an Aleksander und huschte zur Garderobe, um sich anzuziehen.

»Mon cher, merci! Ich hoffe, wir sehen uns wieder«, verabschiedete sich Konrad, als er seinen Hut aufsetzte und in die Schuhe schlüpfte. Kurz darauf war der Wirbelwind mit seinem Greis verschwunden. Korbinian glaubte nicht, dass er

Alfred nochmals auf seine Gästeliste setzen würde. Zurück in der Küche unterhielten sich die anderen noch immer über Nepal. Auch in einem Kloster war Aleksander gewesen, um eine Woche zu schweigen. Uschi und Ute merkten, dass Korbinian gerne mit seinem Stern alleine sein wollte, stupsten deswegen mehrmals ihre Männer unterm Tisch an, doch Robin und Arne verstanden den Wink nicht und hingen weiter an Aleksanders Lippen. Zu spannend waren die Erzählungen.

Dreißig Minuten vor Mitternacht war es dann so weit. Die beiden Paare verabschiedeten sich, und blöderweise wollte auch Aleksander gehen, denn als einziger Gast übrigzubleiben, löste ein unbehagliches Gefühl in ihm aus. »Ach, du bist ja erst gekommen. Bleib noch auf ein Gläschen«, bat Korbinian ihn. Und Aleksander ließ sich tatsächlich überreden. Sie setzten sich auf die Couch im Wohnzimmer. *Jeder Stern, den du siehst, bringt dir Glück. Und wenn du großes Glück hast, geschieht ein Wunder.* Die Worte von seiner Mutter tanzten in Korbinians Kopf herum. Jetzt saß er tatsächlich neben einem Stern.

»Liebe und spannende Leute hast du in deinem Freundeskreis«, stellte Aleksander fest, dabei lächelte er Korbinian an. »Außer Alfred. Der war mir zu überdreht.«

»Ja«, erwiderte Korbinian, der keine Lust hatte, über den Wikinger zu reden. »Ich habe ihn erst vor ein paar Tagen kennengelernt und da hat er mir in einer schwierigen Situation geholfen. Aber nun zu dir. Deine Erzählungen von Nepal haben mich fasziniert«, wechselte Korbinian das Thema.

»Ja, es war eine unvergessliche Reise. Leider mit einem unschönen Ende.«

»Tut mir leid, dass du dich von deinem Vater nicht mehr verabschieden konntest«, drückte Korbinian sein Mitgefühl aus.

»Zumindest war er nicht allein. Danke nochmals!«

Korbinian gefiel es, dass er Aleksander beeindruckt hatte, gleichzeitig hatte er ein schlechtes Gewissen, wenn er an den toten Herrn Graf dachte. »Wie geht's dir jetzt?«

»Gut«, schoss es aus Aleksanders Mund heraus.

»Ich meine, wie geht's dir hier?« Korbinian legte eine Hand auf Aleksanders Herz.

Einen Moment lang war es still. Dann seufzte Aleksander. »Ich muss immer hart sein, weißt du. Auch jetzt, obwohl ich weinen könnte, wenn ich deine Hand auf meinem Herzen spüre.«

»Mach dein Herz auf! Das hat sich doch dein Vater für dich gewünscht«, erinnerte Korbinian ihn.

Aleksander sah Korbinian in die Augen. Durch das dunkelbraune Leuchten blitzte eine Traurigkeit hindurch. Und da war er nun, der richtige Moment. Korbinian beugte sich vor und gab Aleksander einen Kuss, doch dieser schreckte zurück und schob Korbinian weg. »Ich bin nicht …«

»Oh sorry!« Korbinian griff sich an den Kopf. »Wie peinlich!«

Es dauerte einen Moment, bis sich beide gefasst hatten. Korbinian wünschte sich, wie ein Schneemann in der Frühlingssonne zu zerschmelzen.

»Es muss dir nicht peinlich sein. War nicht das erste Mal, dass mich ein Mann angegraben hat.«

Korbinian fehlten die Worte. Aleksander Stern war … heterosexuell. *Jeder Stern, den du siehst, bringt dir Glück. Und wenn du großes Glück hast, geschieht ein Wunder.*

SO EIN HUMBUG, schrie Korbinian innerlich.

»Ich muss mich jetzt auf die Socken machen. Morgen will ich fit sein, habe noch einiges an Papierkram zu erledigen«, sagte Aleksander und erhob sich.

»Jetzt habe ich alles versaut und wir werden uns nie wieder sehen. Ich Idiot!«, schimpfte sich Korbinian selbst.

»Verzieh' nicht so dein Gesicht«, meinte Aleksander liebevoll. »Und sicher treffen wir uns wieder. Schließlich haben wir ein gemeinsames Interesse.«

Bestimmt nicht küssen, dachte Korbinian, der Aleksander fragend ansah.

»Astralreisen. Ich hab' das Buch vorhin gesehen. Ich kann dir von meinen Erfahrungen erzählen, wenn du willst.«

»Du bist schon mal ...?«, fragte Korbinian, während sein Mund vor Überraschung offen stehen blieb.

»Einmal?« Aleksander zwinkerte, dann drehte er sich um und schlurfte zur Garderobe, um sich anzuziehen.

»Du musst mir unbedingt davon erzählen!« Nun leuchteten Korbinians hellblauen Augen.

»Ja, wenn alle Formalitäten erledigt sind und die Beerdigung vorbei ist«, sagte Aleksander, der einen Schal um seinen Hals schlang. »Danke dir für die Einladung. Bis bald!« Er umarmte Korbinian und gab ihm einen Kuss auf die Wange. »Du bist ein toller Mensch!« Dann verschwand er durch die Tür.

»Danke für den Weihnachtsstollen«, rief Korbinian ihm hinterher und blieb wie versteinert beim Eingang stehen. So viel Hoffnung hatte er in Aleksander gesetzt. Er war sich sicher gewesen, dass er nun seinen Partner fürs Leben gefunden hatte, obwohl er noch so wenig von ihm gekannt und gewusst hatte. Doch der Traum war schnell zerplatzt, das Wunder war wie immer ausgeblieben. Enttäuscht latschte Korbinian ins Wohnzimmer, ließ sich auf die Couch fallen und sinnierte dahin.

Janis war mit Milosz durchgebrannt.

Joachim hatte die Mauern rund um sein Herz hochgezogen.

Und Aleksander Stern war heterosexuell.

Das war der Jackpot – eindeutig! In diesem Moment begann die Wanduhr zu schlagen. Es war Mitternacht.

MONTAG
24. DEZEMBER 2012

Korbinian wunderte sich, dass Janis dieses alte Schmuckstück – eine Erinnerung eines Flohmarktbesuches – hiergelassen hatte. Vermutlich, weil es im Graubereich lag, denn beide hatten damals ihre Geldbörse gezückt. Während die Uhr schlug, wurde Korbinian klar, dass er sie so schnell wie möglich loswerden wollte. Jede Erinnerung an Janis weniger war ein Gewinn.

Sei nicht allein – öffne dein Herz!

Dieser Ratschlag machte Korbinian verrückt, und er begann mit sich selbst zu sprechen: »Viel zu schnell habe ich mein Herz aufgemacht.« Ihm war es egal, wenn Frau Haasmaier ihn durch die hellhörigen Wände hörte, während sie eines ihrer Gläschen Wein hinunterkippte. Wach war sie bestimmt noch, sie hatte einmal verraten, dass sie jeden Tag bis ein Uhr nachts puzzelte.

»Heiliger Abend, und ich bin allein«, jammerte Korbinian, während er sich seine Augen rieb.

Sei nicht allein – öffne dein Herz!

»Halte den Mund! Du nervst mich«, fauchte Korbinian. Doch in diesem Moment schoss ihm ein Geistesblitz ein und er wusste, was er am Heiligen Abend zu tun hatte. Er würde nicht wie geplant mit Uschi und Robin Weihnachten feiern, sondern sich am Vormittag das Auto von ihnen ausleihen, um zwei Ziele anzusteuern.

Nachdem die Welt am 21. Dezember nicht untergegangen war, glimmte der Funke Hoffnung plötzlich wieder auf, dass Weihnachten vielleicht noch zu retten war. Aber dafür musste Korbinian sein Herz öffnen. So richtig! Und das hieß: seine Gefühle und Wünsche offenlegen. Alles Weitere würde dann nicht mehr in seiner Hand liegen. Er brauchte auch ein bisschen Glück, wie Uschi beim Money-Maker-Rubbellos. Das Risiko ist es wert, dachte er, ehe er einschlief.

Nach dem Aufwachen beseitigte er die Spuren der Party und räumte auf. Als er damit fertig war, schrieb er Uschi eine SMS und fragte sie, ob er ihr Auto ausleihen könne. Schnell kam eine Antwort retour: *Ja, selbstverständlich.*

Beschwingt hüpfte Korbinian unter die Dusche, ließ lange das heiße Wasser über seinen Körper laufen, wusch sich und frühstückte im Anschluss. Lachsbrötchen und dazu ein

Orangensaft. Dann stopfte er die notwendigen Utensilien, die er später brauchte, in den Rucksack hinein und brach schließlich auf. In der U-Bahn und im Bus lachten ihm fröhliche Gesichter entgegen, vor allem Kinder strahlten eine besondere Freude aus. Korbinians Stimmung konnte dabei nicht mithalten, da noch unsicher war, ob Weihnachten 2012 ein Happy-End für ihn haben würde.

»Frohe Weihnachten«, begrüßte Uschi ihn mit einer Umarmung. Ihr Haar war zerzaust, da sie noch keine Zeit gehabt hatte, um sich frisch zu machen. Robin, der den Weihnachtsbaum schmückte, rief aus dem Wohnzimmer: »Merry Christmas!«

»Hier ist der Autoschlüssel.« Uschi hielt Korbinian den Schlüsselbund hin. »Und du bist dir ganz sicher?«, fragte sie.

»Mhm«, antwortete Korbinian, nahm den Schlüsselbund entgegen und lächelte.

»Falls alle Stricke reißen, kommst du wie geplant zu uns. Versprochen?«

»Ja, mach ich.« Er klimperte mit den Schlüsseln vor Uschis Nase herum. »Frohe Weihnachten und ein braves Christkind für dich«, wünschte er ihr und zwinkerte seiner Besten zu.

Die erste Etappe dauerte eine Stunde. Sonnenschein, blauer Himmel und die weiße Landschaft wirkten beruhigend, ebenso die Musik. Es waren keine Weihnachtslieder, aber Songs, die sein Herz berührten. *Breathe Me* von Sia fand seinen Höhepunkt, als Korbinian in die Einfahrt des Elternhauses einbog. Alles sah auf den ersten Blick gleich aus. Nichts hatte sein Vater umgemodelt. Drei Jahre Stillstand. Ob das auch für seine Eltern galt? Als Korbinian das Auto eingeparkt hatte und aus dem Wagen stieg, öffnete sich die Haustür. Seine Mutter spähte durch den Spalt hindurch. Ihre Augen weiteten sich, als sie ihren Sohn sah. Sie riss die Tür auf und lief zu ihm hin. »Es tut mir so leid«, entschuldigte sie sich sofort und begann zu schluchzen.

»Mir tut es auch leid«, erwiderte Korbinian, ohne dass Tränen flossen. Er umarmte seine Mutter und freute sich, auch wenn die Situation sich surreal anfühlte.

»Gehen wir rein. Dein Vater wird Augen machen.« Frau Setele wischte sich ihre Tränen weg und hängte sich bei ihrem Sohn ein.

Auch der Duft im Haus hatte sich nicht verändert. Wie immer roch es während der besinnlichen Zeit intensiv nach Weihrauch, so stark, dass Korbinian husten musste. Herr Setele ließ den Engel, mit dem er den Weihnachtsbaum schmücken wollte, fallen und blieb wie versteinert stehen, als er seinen Sohn sah. Korbinian ging auf ihn zu, dann umarmten und entschuldigten sie sich.

»Ich mach' uns Tee«, sagte Frau Setele und sauste in die Küche. Die beiden Männer folgten ihr und setzten sich auf die Eckbank hin. Auf dem Tisch stand ein Adventkranz. Korbinian schnappte sich das Feuerzeug, um die vier Kerzen anzuzünden.

»Wie geht's dir, mein Sohn?«, fragte Herr Setele, als er sich ein Bier aus dem Kühlschrank holte. Tee war nicht sein Metier.

»Puh, wo soll ich anfangen?«, fragte er sich selbst. Dann sprudelte es aus ihm heraus und er fasste seine letzten drei

Jahre zusammen, vordergründig erzählte er vom Erfolg seines Friseurladens.

Die Eltern lauschten und freuten sich für ihn. Korbinians Vater nahm von Zeit zu Zeit einen Schluck Bier, seine Mutter trank vom Tee, den sie mit einem Schuss Rum verfeinert hatte. »Das tut mir leid wegen Janis, auch wenn wir ihn kaum gekannt haben«, bemitleidete Frau Setele ihren Sohn.

»So ist das Leben! Was hat sich bei euch getan? Seid ihr gesund?«, fragte Korbinian, als er ein Weihnachtskeks vom Teller nahm. Ein Vanillekipferl. Zu Hause schmeckten sie einfach am besten.

Beide nickten. »Alles beim Alten bei uns«, sagte Herr Setele, der wie gewohnt ruhig und gelassen wirkte.

Korbinians Mutter hingegen war aufgeregt, bis sie schließlich aussprach, was ihr schon seit der Ankunft ihres Sohnes auf den Lippen lag: »Ich hoffe, du verzeihst uns, dass wir … so stur waren und uns nicht bei dir gemeldet haben.« Sie schämte sich dafür, trank hastig vom Tee und bereute, dass sie nicht mehr Rum hineingeschüttet hatte.

»Nur, wenn ihr mir auch verzeiht, dass ich den Schmuckladen nicht …«

»Selbstverständlich!«, schoss es aus beiden Mündern heraus.

Alle drei wirkten sichtlich erleichtert.

»Feierst du mit uns heute Weihnachten?«

»Leider nicht«, enttäuschte Korbinian seine Mutter. »Ich habe noch was zu erledigen. Eine Liebesangelegenheit. Aber das erzähle ich euch ein anderes Mal. Wo ist eigentlich Dorian? Müsste er nicht schon längst hier sein?«

»Sein Schwiegervater hatte einen Herzinfarkt. Es sieht nicht gut aus für ihn. Er bleibt mit der Familie in den USA«, bedauerte Frau Setele.

»Ah okay, das sind keine guten Nachrichten.« Korbinian schob sich ein weiteres Vanillekipferl in den Mund.

»Hauptsache, du bist da. Und gut siehst du aus«, schwärmte die stolze Mutter.

Herr Setele trank sein Bier aus und erhob sich. »Wie sieht es aus? Hilfst du mir beim Aufputzen des Weihnachtsbaumes?«

»Sehr gerne!«

»Ich helfe mit«, sagte Frau Setele.

»Du?«, erwiderten Vater und Sohn gleichzeitig. »Das war doch nie dein Ding«, ergänzte Korbinian.

»Aber heute ist ein besonderer Tag!«

Und so schmückten sie zu dritt den Weihnachtsbaum. Hängten Christbaumkugeln auf. Und Süßigkeiten. Eingewickelte Zuckerln. Rumfläschchen. Und Schokoschirmchen. Frau Setele bestand auf Lametta, obwohl heutzutage kaum noch jemand mit diesen Glitzerfäden den Weihnachtsbaum schmückte. Und bei den Wunderkerzen blieb Herr Setele hartnäckig, auch wenn seine Frau Angst vor einem Brand hatte. »Man muss nur aufpassen bei den Sternwerfern«, murrte er.

»Die nennt man jetzt Wunderkerzen«, korrigierte seine Frau ihn.

»Ach, hör mir auf! In Österreich haben wir immer Sternwerfer gesagt.« Und wie aus Protest hängte er ein weiteres Stück auf.

Wunderkerze. Da poppte automatisch der Spruch seiner Mutter auf. *Jeder Stern, den du siehst, bringt dir Glück. Und wenn du großes Glück hast, geschieht ein Wunder.*

Er musste sie demnächst fragen, wo sie diesen Spruch aufgegabelt hatte, da er die Hintergründe tatsächlich nicht wusste. Mit Freude musterte er seine Eltern, die zu Korbinians Staunen kaum gealtert waren, abgesehen von den weißen Haaren seines Vaters. Im Schmuckgeschäft zu arbeiten, hielt sie jung. Wie lange sie sich das noch antun würden? Mit ihren immerhin schon vierundsechzig Jahren.

Nachdem der Weihnachtsbaum von oben bis unten glänzte, aßen sie Schweinsbraten mit Semmelknödel und Sauerkraut. Eine Tradition, die sich seit Korbinians ersten Erinnerungen nicht geändert hatte. Und es schmeckte wie damals als Kind. Die Familie grub Geschichten aus vergangenen Zeiten aus, lachte dabei herzlich und genoss das Zusammensein. Dann kündigte Frau Setele mit einem goldenen Glöckchen die Bescherung an. Als Korbinian ins Wohnzimmer trat, brannten schon die Kerzen auf dem Weihnachtsbaum, sie strahlten eine wohlige Wärme aus. Herr Setele eilte mit einem Feuerzeug zu seinen Sternwerfern hin und zündete voller Eifer vier Stück an. Die Funken sprühten. Ihre Augen glänzten. Nun war die Familie bereit für *Stille Nacht, Heilige Nacht*. Sie sangen andächtig. Alle sechs Strophen. Auch das war eine alte Tradition, die, soweit Korbinian sich erinnern konnte, mindestens vier Generationen väterlicherseits zurückging. Im Anschluss holte Korbinians Mutter frische Weihnachtskekse, die sie im Schlafzimmer lagerte. Sie naschten davon und wühlten erneut in der Vergangenheit herum, wie schön doch damals alles war. Dieses Mal war es nicht Dorian, sondern Korbinian selbst, der den Schnee-Eisbären erwähnte.

»Hahaha! Deine Schnee-Katze war wirklich legendär«, kommentierte sein Vater mit einem Schmunzeln.

Nach dreißig Minuten musste sich Korbinian auf den Weg machen. »Ich besuche euch bald wieder«, versprach er. Mit kraftvollen Umarmungen verabschiedeten sie sich.

Bevor Korbinian losfuhr, nahm er sein Handy und tippte in Großbuchstaben DANKE ein. Die Nachricht schickte er an Aleksander. Ohne ihn hätte er sich vermutlich nicht den Ruck gegeben, zu seinen Eltern zu fahren. Leise artikulierte er auch ein *Danke* und dachte dabei an Herrn Graf. *Sei nicht allein - öffne dein Herz!* Diese Worte hatten Korbinian schlussendlich den notwendigen Arschtritt gegeben, um dort zu sein, wo er gerade war – vor dem Haus seiner Eltern, die zwischen den Vorhängen des Küchenfensters hervorspähten und zum Abschied winkten. Und genau in diesem Moment entschied er, an Herrn Grafs Beerdigung teilzunehmen, um Aleksander zu stärken.

Er winkte den Eltern zurück, dann startete er den Motor und fuhr davon. Mit dem Verlauf des bisherigen Tages war er sehr zufrieden, doch als er ans nächste Ziel (den vermutlich härteren Brocken) dachte, spannte Korbinian seinen Körper an. Er atmete tief ein, dann langsam aus und versuchte sich zu beruhigen. Alles wird gut werden. In ein paar

Stunden. Und falls nicht, kehre ich einfach um und hole die verlorene Zeit mit meinen Eltern nach.

Zwei Stunden Autofahrt lagen vor ihm. Es war kurz vor siebzehn Uhr. Die Straßen waren wie leergefegt und das Wetter spielte mit, es tobte kein Schneesturm. Er sollte daher pünktlich ankommen – um neunzehn Uhr vor Joachims Seminarhaus in den Bergen. Korbinians Herz fing schneller an zu pochen. Eine Seite in ihm wusste, dass es völlig verrückt war, nach drei Jahren Beziehung, Joachim nachzulaufen. Doch es gab auch eine klitzekleine Hoffnung, die in sein Ohr flüsterte: »Joachim ist der perfekte Mensch für dich! Und du für ihn! Würde er sonst seine Schutzmauern hochfahren, wenn er keine Gefühle für dich entwickelt hätte?«

Sei nicht allein - öffne dein Herz! war nicht nur für Korbinian, sondern auch für Joachim bestimmt. Diese Erkenntnis hatte er gestern gewonnen, bevor er schlafen ging.

Beide mussten füreinander ihre Herzen öffnen, so wie es vorhin seine Eltern getan hatten, nach drei Jahren Funkstille. Es fühlte sich noch immer eigenartig für Korbinian an. Von Zeit zu Zeit hatte er Geschichten über Familien gehört, die gestritten und dann längere Zeit keinen Kontakt gepflegt hatten. Nie wieder, behaupteten sie überzeugt, wenn sie gefragt wurden, ob sie sich vorstellen könnten, wieder miteinander zu reden. Und dann eines Tages, aus heiterem Himmel, passte alles wieder. Sie sprachen miteinander, als ob es nie einen Zwist zwischen ihnen gegeben hätte. Auch Korbinian war nun genau um diese Erfahrung reicher. Er dachte viel darüber nach, gleichzeitig drangen Weihnachtslieder in sein Bewusstsein. Und auch Jeff Buckley. *Hallelujah*. Korbinian drückte wieder und wieder auf die Repeat-Taste, während Dörfer, kleine Städte, Wälder und seine Gedanken an ihm vorbeizogen. Er näherte sich dem Showdown seiner Weihnachtsodyssee, wie er seine letzten Tage selbst bezeichnete. Und dann erschien der schwarze Wall vor ihm, die Berge. Trotz Dunkelheit erkannte er ihre weißen Spitzen. Die Fahrt hinauf verlief problemlos, Schneeketten waren nicht mehr notwendig, da die Straßen mittlerweile freigeräumt waren. Er fuhr am Haus vorbei, dort wo Alfred, Armin, Liem und Sarah Weihnachten vorgefeiert hatten. Bei der Hütte, in der er mit Janis übernachtet hatte, blieb er einen Moment stehen und beäugte sie mit gemischten Gefühlen. Unangenehme Erinnerungen poppten auf: der Streit mit Janis sowie die Suche und Sorge nach ihm. Der Dragoner plusterte sich in seinen Gedanken auf und beschimpfte ihn. Als er weiterfuhr, verblassten die Bilder wieder und er versuchte sich auf die positiven Aspekte zu konzentrieren: das Aufeinandertreffen mit Ute und Arne und in weiterer Folge das Kennenlernen von Joachim. Wie der Seminarleiter wohl auf ihn reagieren würde, wenn er in wenigen Minuten vor ihm stehen würde. Die Befürchtung, ihn mit einem Typen in flagranti zu erwischen, hatte Korbinian nicht, da Joachim ihm in ihrer gemeinsamen Nacht erzählt hatte, allein in den Bergen Weihnachten feiern zu wollen. Aber das Unbehagen, kalt abserviert zu werden, konnte er nicht leugnen.

Korbinian bog in die Nebenstraße ein, die zum Seminarhaus führte, als ihm schon nach einer Minute die

Festbeleuchtung entgegenstrahlte. Es sah wunderschön aus – märchenhaft, mit einem Hauch von Kitsch. Bevor er ausstieg, atmete er ein paar Mal tief in den Bauch hinein.

Sei nicht allein – öffne dein Herz!

Da fiel ihm ein, vergessen zu haben, seine Mutter nach dem Ursprung des Spruches zu fragen. Er schrieb ihr eine Nachricht. Dann schickte er eine SMS an Joachim. »Frohe Weihnachten!«

Seine Zunge fuhr nervös die Zahnlücke auf und ab. Dann stieg er endlich aus, öffnete den Kofferraum und griff nach der Reisetasche. Er stapfte im Schnee den Hügel hinauf, der sich links des Hauses befand. Vor den mächtigen schneebedeckten Tannen blieb er stehen und öffnete die Reisetasche, als sein Handy ertönte. Joachim wünschte ihm ebenfalls ein schönes Weihnachtsfest. Trotz Anspannung zauberte die Nachricht Korbinian ein Lächeln ins Gesicht. »Komm raus«, bat er Joachim und schlängelte weiterhin mit der Zunge an der Zahnlücke hin und her.

»Was?«

»Öffne die Tür und komm raus.«

Dieses Mal antwortete Joachim nicht, sondern er tat, was Korbinian von ihm wollte. Er schlüpfte in die Schuhe und Jacke. Als er aus der Tür spähte, sah er sofort das fremde Auto. »Korbinian? Bist du hier?«, rief er und schaute nach links und rechts, doch er erhielt keine Antwort, stattdessen eine weitere Nachricht. »Komm raus!«

»Korbinian? Du machst mir Angst!« Vorsichtig schlich Joachim, mit grüner Kappe auf dem Kopf, nach draußen, als er kurz erschrak. Ein kreisender Funkensturm überraschte ihn, oben vor den schneebedeckten Tannen. »Feliz Navidad«, schrie Korbinian vom Hügel und lief auf Joachim zu. Den funkensprühenden Schneebesen wedelte er weiterhin oberhalb seines Kopfes im Kreis herum, bis die Stahlwolle abgebrannt war. Dann standen sie voreinander und blickten in ihre Augen. Von Nervosität durchdrungen, hielten sie den Augenkontakt, ohne etwas zu sagen, bis schließlich Korbinian die Stille durchbrach. »Sei nicht allein - öffne dein Herz!«, flüsterte er.

Joachim atmete tief ein und senkte seinen Blick.

»Sei nicht allein – mach dein Herz auf!«, flüsterte Korbinian erneut und führte seine Hand zu Joachims Herz hin. »Komm schon! Mach dein Herz auf und sei nicht allein!«

Aber Joachim zeigte keine Reaktion, sondern sah weiterhin schuldbewusst in den Boden hinein.

»Verdammt nochmal! Mach endlich dein Herz auf!«, rief Korbinian nun lauter.

»Ich kann das nicht versprechen«, brachte Joachim endlich über seine Lippen und nahm den Blickkontakt wieder auf.

»Glaubst du etwa, ich kann dir das Versprechen geben, nach allem, was mir in den letzten Tagen widerfahren ist?« Eine Träne rann über Korbinians Wange.

»Natürlich nicht«, antwortete Joachim.

»Dann mach dein verdammtes Herz auf, und lass es uns zumindest versuchen, so wie du es von den Teilnehmern deiner Seminare verlangst«, flehte nun Korbinian und schlug auf Joachims Brust. »Ich habe es auch getan, und es ist mir nicht leichtgefallen, das kannst du mir glauben.«

Joachim ergriff beide Hände von Korbinian, um ihn zu beruhigen. Dann wischte er sanft die Träne von Korbinians Wange weg. »Was ist nur aus der Pfeife geworden?«, fragte er und lächelte dabei. Schließlich legte er seine Lippen auf Korbinians Mund, und sie küssten sich. Der lange Weg, den Korbinian auf sich genommen hatte, hatte sich ausgezahlt. Nur für diesen Kuss, der ein paar Minuten dauerte. Beide versanken ganz darin und schwebten zeitlos vor dem Seminarhaus, bis es ihnen schließlich zu kalt wurde und Joachim Korbinian bat, mit nach drinnen zu kommen. Vorher rannte Korbinian noch den Hügel hinauf und holte seine Reisetasche, in der sich vier Packungen Dragee-Keksi befanden. »Zur Sicherheit, damit dein Vorrat nicht zu sehr geplündert wird«, sagte er, zog eine Packung heraus und öffnete sie.

Joachim grinste. »Du bist süß.«

Im Haus machten sie es sich auf der Couch bequem und tranken Prosecco. »Was für eine Überraschung! Damit hätte ich niemals gerechnet«, gab Joachim zu. »Danke, dass du mein Herz berührst.« Er kuschelte sich an Korbinian ran und küsste seine Stirn.

»Herr Seminarleiter, DU hast mein Herz berührt. Ich sag' nur *Tatsächlich Liebe*.«

Beide lachten.

»*Glasgow Love Theme* kann ich hier leider nicht spielen. Dazu fehlt das Klavier. Aber zu Hause bekommst du eine Extra-Vorstellung.«

»Ich kann's kaum erwarten«, erwiderte Korbinian, der einen Schluck vom Prosecco nahm.

»Hast du auch Lust, überrascht zu werden? Jetzt?«, fragte Joachim und löste sich von Korbinians Körper.

»Willst du schon in die Kiste springen?«

»Hahaha! Nein, etwas viel Besseres wartet auf dich.«

»Jetzt machst du mich neugierig!«

»Ich hol' uns noch eine Flasche Prosecco, du nimmst bitte die Dragee-Keksi mit. Wir gehen gleich hinaus.«

Während Joachim in der Küche war, schaute Korbinian auf sein Handy. Aleksander hatte sein *DANKE* erwidert und freute sich auf ein Wiedersehen. Eine weitere Nachricht kam von seiner Mutter. Als er sie las, musste er lächeln.

»Wo bleibst du denn?«, rief Joachim, mit der Flasche Prosecco in der Hand.

Korbinian hüpfte auf, schnappte die Dragee-Keksi und flitzte zum Eingang. Als er in die Jacke schlüpfen wollte, hinderte Joachim ihn daran. »Schuhe genügen. Komm mit!«

Sie gingen nach hinten in den Garten, den Korbinian noch nicht kannte. Und auch dort war überall Festbeleuchtung. Das Strahlen der Lichter löste eine Geborgenheit in Korbinian aus. Dann sah er es. »Ein Iglu? Du hast tatsächlich ein Iglu hier?«

Joachim nickte. Seine Augen glitzerten. »Es ist sehr gemütlich da drinnen.«

»Ich war noch nie in einem Iglu«, gab Korbinian zu.

»Und ich noch nie in einer Beziehung«, erwiderte Joachim, der mit den Schultern zuckte.

»Keine Sorge, wir gehen es langsam an, Herr Seminarleiter. Wir beschnuppern uns die nächsten Wochen und Monate und wenn wir Glück haben«, Korbinian sah nach oben in den Himmel und lächelte den hellsten Stern an, »finden wir zusammen.«

»Ein Zusammenfinden wäre wunderbar«, erwiderte Joachim, der noch nie so fest entschlossen war wie jetzt, seinen inneren Dämonen zu begegnen, um sie ein für alle Mal zu besiegen. »Und keine Sorge, ich habe genug Kerzen reingestellt, es wird dir nicht kalt werden. Im Gegenteil, es wird magisch werden, ähnlich wie beim Astralreisen, nur dass du beim Hineingehen nicht deinen Körper, sondern deinen Alltag loslässt. Es ist, als ob du eine andere Welt betreten würdest. Eine Welt, in der du sehr einfach mit deinen Wünschen und Träumen verschmelzen kannst.«

Korbinians Augen leuchteten. »Dann lass uns hineingehen! Ich bin bereit, zu träumen.«

»Ich auch«, erwiderte Joachim, der sich bückte und als Erster durch den Eingang hindurchschlüpfte.

ENDE

Dankesworte

Ein großes Dankeschön an all jene, die gespannt auf mein nächstes Buch gewartet haben. Eure Vorfreude hat mich sehr motiviert. Ein großes Dankeschön an all jene, die mir wertvolles Feedback zu meinem Debüt-Roman gegeben haben. Jede Rückmeldung hat mich tief berührt. Ein großer Dank geht an all die fleißigen Helferleins der Weihnachts*Odyssee* – ihr seid großartig! Ein großes Dankeschön an all die engagierten Blogger-Seelen – eure Unterstützung ist unbezahlbar. Schließlich ein riesiges Dankeschön an alle meine Leserinnen und Leser. Lasst uns gemeinsam noch viele Geschichten erleben!
Falls ihr meinen Debüt-Roman *LIEBE vom Aussterben bedroht* noch nicht gelesen habt, wäre jetzt ein guter Zeitpunkt, es zu tun. Es ist online bestellbar auf www.buchschmiede.at/app oder im Buchhandel erhältlich.
Momentan habe ich zwei weitere Buchideen, wobei ich noch nicht weiß, welche ich zuerst umsetzen werden. Ich lasse mich selbst überraschen.

Bleibt am Ball und guckt auf meine Website:
www.christoph-seibitz.at

Oder auf Instagram: @christophseibitz

Frohe Weihnachten!

Printed by Amazon Italia Logistica S.r.l.
Torrazza Piemonte (TO), Italy

64505619R00100